acheté à la librairie Oiseau feuille
de Ramsey et offert par Maman
le 21 août 2013

UN HOMME EFFACÉ

ALEXANDRE POSTEL

UN HOMME EFFACÉ

roman

GALLIMARD

© Éditions Gallimard, 2013.

La vérité ne fait pas tant de bien dans le monde que ses apparences y font de mal.

La Rochefoucauld

PREMIÈRE PARTIE

Les jours atroces

1

Quelques heures avant que l'épouvante et la honte ne s'abattent sur sa vie, Damien North téléphonait au service informatique de la faculté, ce qui le mettait toujours mal à l'aise. Sa gêne ne résultait ni de ses relations avec tel ou tel informaticien, ni du dédain que professaient à l'encontre de la technologie la plupart de ses collègues, mais d'une impression troublante : l'impression d'être confronté aux émissaires d'une entité immatérielle et omnipotente, en d'autres termes à des anges, mais des anges d'un genre nouveau, ni radieux ni virevoltants, des anges qui au contraire se terraient, moroses et tout de noir vêtus, dans des sous-sols sentant la pizza froide et le renfermé — les anges d'un Dieu d'échec et de refus.

Son incompétence le poussant à solliciter plus souvent qu'un autre le service informatique, North avait en outre acquis, d'appel en appel, la certitude d'être toujours un peu plus connu de ces anges équivoques, repéré, montré du doigt, au point de devenir un de ces habitués dont on raconte en s'esclaffant la dernière gaffe, un importun qu'on écoute, le sourire aux lèvres, en clignant de l'œil pour attirer l'attention des collègues. Cette intuition n'était étayée d'aucune preuve, mais North était enclin à percevoir les choses ainsi car il était timide et par conséquent susceptible : d'imaginer que chacun de ses appels faisait les choux gras du service informatique le mortifiait. De là son inconfort lorsqu'il se résolut enfin, aux alentours de dix heures du matin, à s'emparer du téléphone.

Il s'était aperçu du problème dès le réveil. Espérant que la situation s'arrangerait d'elle-même, il avait repoussé aussi longtemps que possible le coup de fil et s'était plongé dans la lecture d'un recueil d'articles sur *Descartes et l'Optique*. Mais maintenant il était temps de partir pour le campus et rien n'avait changé. Assis dans un angle du salon, son ordinateur portable sur les genoux, North composa le numéro du service.

Il y eut plusieurs sonneries. Ils le faisaient exprès, North en était persuadé, pour dissuader les plaisantins ; pour *le* dissuader ? Il tourna la tête vers la baie vitrée. Le jardin sortait de sa nuit. La gelée qui blanchissait la pelouse aux premières heures du jour avait disparu. La lumière de février, éblouissante et pâle, frappait le mur d'enceinte. Tout au fond, les rameaux dénudés du mûrier-platane se détachaient avec une netteté hérissée sur le ciel bleu. Il faudrait les tailler, bientôt.

— Oui ?

Les anges ne s'encombrent pas de formalités.

— Bonjour, je suis bien au service informatique ?

— Je vous écoute.

Une voix distante, en désaccord avec les mots qu'elle articulait, la voix d'un homme en train de faire autre chose. North distinguait à l'arrière-plan un cliquetis continu de clavier. Il prononça les quelques mots qu'il avait préparés :

— Je vous appelle parce que j'ai un petit problème. Mon ordinateur est sur le réseau de la faculté et... je n'arrive pas à me connecter. Quand je tape mon mot de passe, il y a un écran qui me dit : accès refusé.

— Accès refusé ?

Le cliquetis du clavier s'était interrompu. North, enhardi, risqua une hypothèse :

— Je me demandais si par hasard vous étiez en train d'effectuer une opération de maintenance.

L'ange répondit par une autre question :

— Vous avez essayé de booter votre BIOS ?

— Pardon... vous dites ?

Un soupir.

— La séquence boot du BIOS, vous savez l'activer ?

— Rappelez-moi comment faire...

Le combiné du téléphone coincé entre l'épaule et l'oreille, il suivit les instructions de l'ange jusqu'au point où, la manœuvre accomplie, il ne restait plus qu'à attendre le redémarrage du système. Il y en aurait pour une petite minute, assurait l'ange : pas assez longtemps pour justifier une interruption de la communication (« je vous rappelle quand ça y est »), trop pour que le silence ne devînt pas gênant. De l'autre côté, le clavier cliquetait de nouveau, par intermittence. North crut aussi entendre un bruit répété de déglutition. L'ange devait boire son café matinal — un café au lait, supposait North, agrémenté de cannelle ou de caramel, de ceux qu'on vous sert dans des gobelets gros comme le duodénum. L'ange avait une voix à aimer ce genre de choses : une voix fade et crémeuse.

Enfin il put entrer son mot de passe.

— Toujours pareil. *Accès refusé.*

— Je vais vérifier dans notre système, ça arrive parfois qu'il y ait des pertes de paramètres. Vous êtes monsieur... ?

North déclina son identité et consulta sa montre. Dix heures douze. Si cette affaire n'était pas réglée au plus vite, il ne serait pas à l'heure pour sa permanence — comme tous les êtres d'habitudes, il ne supportait pas l'idée d'être en retard. Le dossier du fauteuil lui donnait chaud. Il avait le dos moite. Il posa l'ordinateur par terre et se leva — trop vite : sa tête ne pesait plus rien ; devant ses yeux grouillait une nuée de petits points jaunes et noirs ; il tituba. Quand le vertige se fut dissipé, il balaya du regard, comme s'il avait voulu s'assurer que tout était en ordre, les murs tapissés de livres, la toute dernière toile de Sylvia, le tapis aux couleurs passées, la table basse où s'entassaient copies et factures — et fixa enfin les photographies disposées sur un guéridon en acajou. Il y en avait quatre, toutes encadrées de bois clair. Celle de gauche arrêtait le regard, à cause de la tache que faisait, à l'arrière-plan, le bleu surnaturel d'une piscine. Au premier plan, debout sur la margelle, les cheveux mouillés rabattus vers l'arrière, une fillette en maillot de bain souriait de toutes ses dents. Une chaleur passa dans les yeux de North. Ce qui lui plaisait dans cette photo de sa nièce, c'étaient les bras ballants de part et d'autre du corps. Une enfant plus coquette aurait posé les poings sur les hanches, ou déployé les bras ainsi qu'une gymnaste juchée sur sa poutre. Mais Muriel ne savait que faire de ses bras, et la gaucherie de son maintien inspirait à North, en raison du désarroi qu'elle lui semblait révéler (le souvenir qu'il avait gardé de sa propre enfance n'était pas étranger à cette supposition), une tendre sympathie. Par comparaison, il émanait des personnes représentées sur les trois autres photographies quelque chose de figé. Sylvia, le sourire un peu crispé, comme toujours devant l'objectif. Ses parents, le jour de leur mariage, sur le perron de la mairie : le fils de famille aux cheveux souples et la jeune ouvreuse qu'on épouse parce qu'il le faut bien, mais en lorgnant déjà les demoiselles d'honneur. Son grand-père Axel, raide dans son uniforme chamarré de décorations. « Le héros de la famille », annonçait Damien, avec juste ce qu'il fallait d'impertinence pour éviter le ridicule, lorsqu'un invité s'approchait du guéridon en acajou. Parmi les innombrables portraits d'Axel North, il avait choisi, pour orner son intérieur, celui qui figurait dans la plupart des manuels d'histoire. Les visiteurs, avait-il observé, n'aimaient rien tant que le reconnaître. Ils hochaient la tête, satisfaits, l'air de se dire : eh oui, c'est bien lui. Certains s'exclamaient qu'il y avait la même photo dans leur livre d'histoire. Ils se sentaient en terrain connu. Dans les premiers temps, Damien avait opté pour un cliché plus intime, où son grand-père, coiffé d'un chapeau de paille, apparaissait de trois quarts face, une cigarette aux lèvres, le regard ombrageux cerné de bistre. L'image lui semblait plus fidèle à l'homme qu'il avait connu. Mais rares étaient ceux qu'elle n'avait pas troublés. La plupart l'examinaient en plissant les yeux, une moue dubitative au coin des lèvres, et s'éloignaient du guéridon sans oser demander s'il s'agissait bien d'Axel North. D'autres lâchaient, déçus, comme s'ils venaient de découvrir qu'on les avait trompés depuis de longues années : Tiens, je ne savais pas qu'il fumait. Ce malaise avait longtemps inspiré à North une certaine jouissance, puis il avait fini par s'en lasser.

— Monsieur North ?

L'ange revenait de sa plongée dans les limbes du serveur.

— Je n'ai repéré aucun dysfonctionnement dans le système, donc a priori ça ne vient pas de chez nous. Il va falloir envisager une intervention à domicile pour vérifier votre installation — câblage, fibre optique, branchements, etc. Notre technicien va vous appeler dans la matinée pour fixer un rendez-vous, d'accord ?

North acquiesça, pressé d'en finir. Dix heures quinze. S'il avait tendu une oreille plus attentive, il aurait pu déceler, dans la voix de l'ange, une ombre inhabituelle — quelque chose qui ressemblait à de la frayeur.

En quittant le salon, il s'arrêta un instant devant le grand miroir qui surmontait la cheminée, passa autour de son cou une écharpe orangée (unique touche de fantaisie d'une tenue au demeurant fort terne), lissa sa fine moustache rousse et surveilla les progrès d'une calvitie qu'on ne pouvait plus qualifier de naissante. Puis il croisa son propre regard et, haussant les épaules, s'éloigna d'un pas brusque.

Le petit chemin qui conduisait au campus partait juste en face de chez lui, de l'autre côté du boulevard Mauve. Enjambant le garde-fou, North profita d'une accalmie de la circulation pour se lancer sur l'asphalte, tout en maudissant ce boulevard qui le séparait du campus, du centre historique et de tant d'autres choses (il n'était pas rare d'entendre, dans la bouche de ses concitoyens — en particulier des agents immobiliers —, des allusions à un « bon côté » et à un « mauvais côté » du boulevard Mauve. North habitait, pour reprendre une expression qu'affectionnaient ses voisins, *presque du bon côté*, dans un quartier résidentiel paisible à défaut d'être huppé).

Arrivé de l'autre côté, il emprunta le chemin qui serpentait sous les tilleuls centenaires du parc Saint-Louis. La semaine précédente, de bonne heure, il s'était aventuré dans le parc couvert de neige. Il avait regardé les arbres décharnés, la blancheur intacte du sol, le ciel bas, gris, gros de neige comme un oreiller gonflé de plumes. Au fond du parc, une corneille s'était envolée sans faire le moindre bruit, dans un silence épais, compact, absolu, un silence de songe. Il y avait dans l'air ce jour-là, en dépit du froid, quelque chose de tendre et qui incitait à l'attente. North était resté immobile, jusqu'à ce que, baissant les yeux vers le sol, il découvre à ses pieds, surgi de nulle part, un canard qui se dandinait vers un but inconnu. Son cou, qu'un anneau très fin de plumage blanc isolait du reste du corps, ondulait avec une régularité paisible. Nulle frayeur, nulle émotion dans son œil fixe, bombé, presque indiscernable. Ses pattes laissaient dans la neige des empreintes qui ressemblaient à des flèches — des flèches inversées, orientées non pas dans le sens du mouvement mais vers son origine. Immobile, North avait regardé s'éloigner l'animal, le cœur serré comme sur le passage d'un monarque en exil.

Aujourd'hui les canards avaient déserté les allées du parc Saint-Louis et les premiers crocus perçaient la terre froide. Le printemps approchait. North n'aimait pas ça : une saison ironique, disait-il lorsqu'on le sommait de justifier cette aversion si contraire au sentiment collectif.

— Damien?

Il tourna la tête.

— Hugo, bonjour, vous allez bien?

Assis sur un banc, enveloppé dans une parka molletonnée, la main droite protégeant ses yeux du soleil matinal, Hugo Grimm opina d'un hochement de tête. Comme il avait les jambes croisées, un interstice de chair glabre et blanche apparaissait entre l'anthracite du pantalon et le violet de la chaussette. La lumière éclairait crûment cette chair d'autant plus éclatante qu'elle jaillissait d'entre deux obscurités. North marqua un temps d'arrêt. Il était trop tard désormais pour continuer sur sa lancée. Jouer les hommes affables mais pressés, passer en coup de vent sans rien laisser derrière soi qu'un sillage de tonicité bienveillante — une impression qui aurait pour équivalent, dans l'ordre des senteurs, le parfum du vétiver —, North n'avait jamais trop su comment s'y prendre. Grimm ne lui facilitait pas la tâche, à le fixer sans rien dire, assis sur son banc. Il émanait de sa personne, comme du regard de certains chiens, une sorte d'appel muet qui vous empêchait de passer tranquillement votre chemin. D'emblée North avait perçu cette fragilité : son collègue lui semblait toujours en demande de quelque chose qu'il était incapable de lui donner, et pour cette raison il éprouvait en sa compagnie une culpabilité aussi vague que tenace. Il y avait aussi le souvenir d'une invitation à dîner chez les Grimm, aux premiers temps de son installation à L***, dont il s'était dégagé en invoquant un prétexte spécieux et qui, depuis, n'avait jamais été renouvelée. De sorte que chaque fois qu'il croisait Grimm North se sentait obligé de dire un mot.

— Dites-moi, Hugo, vous aussi vous avez des problèmes avec internet en ce moment ?

Grimm esquissa une moue si imprécise et si lointaine que North fut incapable de déterminer si celle-ci avait été provoquée par sa question, par quelque événement qui venait de se produire dans le parc, ou par une pensée sans rapport avec les circonstances. Le soleil hivernal accentuait la pâleur de son visage, au point de lui donner une lividité surnaturelle. « On dirait un vampire », songea North en considérant le teint cireux, les cheveux drus et noirs — si noirs qu'on doutait que ce fût leur couleur authentique —, les yeux tombants de bovidé. Un vampire sexagénaire et replet.

— Pas plus que d'habitude... qui n'en a pas, hein ?

Un gloussement ponctua cette réponse équivoque. Grimm se comportait souvent ainsi, riant de choses qui n'amusaient que lui, prenant plaisir, semblait-il, à embarrasser la conversation, si bien que la plupart de ses collègues préféraient l'éviter sous prétexte qu'il était, disaient-ils, « compliqué », « difficile à cerner ». North, avec la fraternelle acuité des timides, inclinait plutôt à croire que Grimm était peu sûr de lui. Son âge, en outre, ne facilitait pas les choses, car il avait atteint le stade critique où, sans être en aucune manière contraint de prendre sa retraite, il était libre de le faire s'il le souhaitait. Or beaucoup désiraient que ce souhait lui vînt : ceux qui, simples docteurs, enviaient son rang de professeur ; ceux qui briguaient sa succession à la tête du département d'histoire du droit ; ceux qui visaient son siège au conseil d'administration de la faculté ; ceux qui soupiraient après son bureau avec vue sur la cour d'honneur ; ceux qui, sans convoiter aucun de ses privilèges parce qu'ils jouissaient peu ou prou des mêmes, attendaient son départ pour faire passer des réformes auxquelles il s'était opposé. De sorte qu'était née, de fil en aiguille, une de ces cabales feutrées dont le monde universitaire a le secret : insidieusement, on poussait Grimm vers la sortie. Il avait, murmurait-on, perdu la main. Quoi d'étonnant à ce qu'il se sentît mal à l'aise ? On voulait sa place et il le savait. North lui décocha son plus gracieux sourire.

— Tant mieux, tant mieux, parce que moi je n'arrive pas à me connecter...

Puis, après un dernier coup d'œil au mollet dénudé de Grimm, il ajouta en faisant mine de consulter sa montre :

— Vous m'excusez, Hugo, il faut vraiment que j'y aille,

j'ai ma permanence, vous savez ce que c'est. Bonne journée! À bientôt!

Trois minutes plus tard, il pénétrait dans l'enceinte du campus. Arrivé à l'atrium — un vaste hall tout en courbes vitrées —, il trouva son chemin barré par un ruban de plastique jaune. De l'autre côté, agenouillé sur le dallage, un homme vêtu d'une combinaison orange tenait à la main une truelle.

— Désolé, monsieur, fit-il en levant la tête vers North; rejointoiement des dalles. Si vous voulez aller de l'autre côté, il va falloir passer par en haut.

North s'éloigna en secouant la tête. Chaque semaine ou presque se faisait sentir la nécessité d'une intervention de ce genre. Les bâtiments semblaient frappés de décrépitude accélérée. Ils n'étaient pas si vieux pourtant. Vingt ans auparavant, une ancienne diplômée de la faculté, Marina Blanche, considérablement enrichie par le succès d'une centaine de romans à l'eau de rose, était morte dans sa quatre-vingt-troisième année sans laisser d'héritier (la passion qu'elle vouait aux héros de son imagination n'ayant d'égal que son profond dédain pour les hommes de chair et d'os). Il s'avéra qu'elle avait légué l'intégralité de son patrimoine à l'université qui « lui avait donné le goût des belles-lettres », à la condition que soit créée une chaire consacrée à l'étude de la littérature populaire amoureuse. De sorte que cette université modeste et provinciale, qui paraissait engagée sur la voie d'un irréversible déclin, avait connu une spectaculaire métamorphose. Sous la houlette d'un président dynamique, d'importants travaux de modernisation avaient été accomplis. Conformément aux principes alors en vogue dans l'architecture, le bâtiment d'origine, un édifice néoclassique du dix-huitième siècle, avait été enchâssé dans une armature de verre, d'aluminium et de béton qui, « tout en respectant l'âme du lieu », avait permis de tripler la superficie des locaux et de les adapter aux exigences de la technologie la plus élaborée. Le reste du fonds Blanche, grâce à de judicieux placements, avait protégé la faculté contre les orages qui, en quelques années, avaient décimé les établissements spécialisés dans l'enseignement des sciences humaines. Tandis que la plupart, faute d'étudiants ou de moyens (le plus souvent les deux), avaient dû fermer leurs portes, la faculté avait tenu bon, forte de son budget florissant, de l'attractivité de son campus — et, dans une moindre mesure, de son incontestable prépondérance dans l'étude de la littérature populaire amoureuse. La preuve la plus frappante de cette insolente prospérité était sans doute la survivance d'un département de philosophie, alors que les autres, à travers le pays, avaient tous disparu. Et c'était là, dans ce dernier bastion d'une discipline moribonde, que se rendait Damien North.

— J'arrive! Désolé! J'arrive! cria-t-il du plus loin qu'il put à l'intention de la silhouette qui se profilait au fond du couloir, devant la porte de son bureau.

Puis il ajouta, entre deux profondes respirations :
— Un problème informatique!

Le couloir, interminable, s'achevait en baie vitrée. À

cause du contre-jour, North ne parvenait pas à identifier la personne qui l'attendait. Une femme, à en croire la silhouette. Une étudiante, d'après le maintien. Une peste, à en juger par le mouvement qu'elle esquissa à son approche : elle feignit de consulter sa montre, ce qui, selon toute vraisemblance, avait moins pour but de connaître l'heure exacte que de lui faire sentir son retard. North fut assez peu surpris de reconnaître enfin Sophie Li, une étudiante de première année que ses condisciples qualifiaient volontiers, avec un mélange d'admiration et de terreur, de *brute* — en d'autres termes une travailleuse exigeante, acharnée, terrorisée par l'échec, un de ces êtres immatures et avides auxquels rien n'échappe, si ce n'est la félicité. Appliquant à ses études un professionnalisme précoce, Sophie rendait quinze pages quand les autres se limitaient à trois ; venait souvent poser, à la fin du cours, une question destinée à faire entrevoir l'étendue de ses connaissances ; faisait tout ce qu'elle pouvait, en somme, pour se distinguer de la concurrence. Qu'elle se présente à la permanence était dans l'ordre des choses. North était même surpris qu'elle n'y eût pas songé plus tôt.

— Bonjour, Sophie, dit-il sans chaleur excessive tout en s'empressant d'ouvrir la porte du bureau.

Puis, comme elle s'effaçait pour le laisser passer :

— Je vous en prie. Asseyez-vous.

Le store vénitien laissait filtrer juste assez de lumière pour que la pièce baignât dans un demi-jour agréable, mais peu propice à la pédagogie. North entreprit de le remonter. Quand il eut terminé :

— Alors, qu'est-ce qui vous amène ?

Sophie sortit de son sac une chemise rouge, étiquetée d'un grand φ, dont elle retira quelques feuilles qu'elle lui tendit sans un mot. C'était la dernière copie que North avait rendue à ses étudiants, le commentaire d'un extrait des *Essais* de Montaigne. Sophie avait eu une note inhabituellement médiocre. Les traits pincés, elle lâcha :

— Dans vos remarques, là, sous ma note, il y a un mot que je n'arrive pas à déchiffrer.

— Doxographie. C'est ça que j'ai écrit : *votre travail tombe dans la doxographie.*

Sans doute Sophie avait-elle su déchiffrer le mot en question. North la soupçonnait d'attendre autre chose de sa part, une explication, peut-être même une justification. Il n'allait pas lui donner ce plaisir ; du moins pas tout de suite. Les mains bien à plat sur son bureau de verre, il se contenta de hocher la tête, l'air de dire : voilà.

— Et qu'est-ce que vous voulez dire par là ?

— Mais, rien de plus que le dictionnaire.

Il marqua un temps d'arrêt, puis reprit sur un ton plus affable :

— Doxo-graphie : le fait d'écrire des opinions. La compilation plus ou moins minutieuse des opinions d'autrui. Vous avez lu à peu près tous les manuels consacrés à Montaigne, et vous me les régurgitez dans votre commentaire. Ce n'est pas le but de l'exercice. Vous parlez de scepticisme, d'humanisme, de pleins de mots en *-isme*, mais vous ne parlez pas vraiment du texte que je vous ai demandé de commenter. J'aurais préféré que vous examiniez, je ne sais pas, l'image du *doux et mol chevet de l'incuriosité*, par exemple. Il y a des choses à en tirer, de cette comparaison avec un oreiller. Qu'est-ce que ça nous dit au sujet de la paresse ? Du repos ? Du sommeil ? Vous comprenez ce que j'attends de vous ? C'est plus difficile, bien sûr, plus aventureux, mais aussi plus gratifiant — pour vous, et aussi pour la personne qui vous lit... Parce que là, à force de vous abriter sous l'ombre des autres, vous n'éclairez pas grand-chose... Vous me suivez ?

Sophie le fixait sans broncher. Gêné, il détourna les yeux et s'aperçut que le store qu'il avait remonté jusqu'à mi-hauteur de la fenêtre ne pendait pas à l'horizontale mais s'affaissait un peu du côté droit, ce qui lui donnait la forme d'un couperet de guillotine. Il revint à son propos, qu'il convenait d'achever sur une note optimiste :

— Le but de ce genre d'exercice, c'est de vous apprendre à développer votre singularité, à aller au-delà de l'opinion reçue — de la *doxa*. Mais ça viendra, ne vous inquiétez pas. Je ne me fais aucun souci pour vous. Vous avez de grandes capacités.

Son regard obliqua de nouveau vers le store, dont la déclivité l'irritait parce qu'elle lui semblait personnifier tout à la fois sa propre maladresse et une sournoise malveillance des choses. Sophie devina-t-elle sa nervosité ? Toujours est-il qu'elle revint à la charge :

— En même temps, il n'y a rien de *faux* dans ce que j'ai écrit...

C'était juste. L'espace d'un instant, North douta de sa sévérité. Peut-être aurait-il dû se montrer plus indulgent.

Peut-être attendait-il trop de ses étudiants. Peut-être n'avait-il sanctionné Sophie que parce qu'elle lui était antipathique. Tandis qu'il se faisait ces réflexions, ses mains se placèrent à son insu devant sa bouche, paume contre paume, esquissant le geste d'un homme en prière. Sophie Li, dont le père était l'un des plus ardents promoteurs de la psychologie comportementaliste, avait souvent entendu dire qu'une personne qui dissimule sa bouche derrière ses mains est en conflit avec elle-même. Aussi se crut-elle en position d'insister :

— Je veux dire, ce n'est pas non plus *n'importe quoi*, mon commentaire...

North fronça le sourcil. Qu'attendait-elle de lui au juste ? Était-elle venue tester sa détermination ? Espérait-elle faire modifier sa note ? Oui, sans doute, elle devait être venue grappiller quelques points. À moins que — et soudain lui vint aux joues une rougeur légère —, à moins qu'elle n'eût entrepris de le séduire ? À la rougeur de la surprise en succéda une autre, plus vive, provoquée celle-là par le sentiment amer de sa fatuité : lui, à son âge, se flatter de plaire à une étudiante — et jolie qui plus est (car il fallait bien admettre, ce qui n'était pas pour apaiser son rougissement, que Mlle Li était très à son goût)! Un éclat furtif, dans l'œil de Sophie, indiqua à North que son émoi ne passait pas inaperçu, ce qui acheva d'empourprer ses joues — et de précipiter, par une de ces transmutations propres à l'alchimie de la timidité, la métamorphose de son embarras en irritation. On le jugeait faible, influençable, troublé par les femmes ? On souriait de le voir rougir ?

— En effet, il n'y a rien de faux dans votre commentaire, je vous l'accorde. Mais ce n'est pas pour autant qu'il y a du vrai. Entre le faux et le vrai, il y a un espace qui est celui de l'apparence du vrai. C'est l'espace de l'imposture, de la séduction, de l'opinion, de la bêtise aussi. L'apparence du vrai, c'est le cauchemar de la vérité. Vous avez déjà été dans une chorale ? Après quelques séances, en général, plus grand monde ne chante faux. Mais on est encore loin du but, parce qu'il y a une différence énorme entre ne pas chanter faux et chanter juste. On pourrait même dire que le vrai travail *commence* à partir du moment où plus personne ne chante faux.

La fille du psychologue haussait un sourcil insolent. North poursuivit en s'efforçant de contenir son agacement :

— Lire votre commentaire, c'est comme écouter une chorale qui ne chante pas juste. On applaudit par politesse, mais, au fond, on pourrait tout aussi bien siffler. Je vous ai donné une note... moyenne, mais rien ne m'aurait empêché d'être plus sévère. Alors ne venez pas réclamer des points en plus.

— Mais je n'ai rien réclamé du tout ! protesta la jeune fille.

La fureur d'avoir été devinée suppléait si bien à l'insincérité de son indignation qu'avec ses poings serrés, ses pupilles brillantes et dilatées, son menton agité d'un faible tremblement, Sophie semblait l'incarnation même de la dignité offensée. « Petite hypocrite », pensa North en inspirant profondément. Il n'avait cependant d'autre choix que de reculer :

— Vous avez raison. Au temps pour moi.

Et, de sa voix la plus suave, il lui demanda si elle avait d'autres questions. Elle fit non de la tête, prit congé, sortit en reniflant.

Sitôt qu'elle eut fermé la porte derrière elle, North consulta son téléphone : le technicien du service informatique n'avait pas encore appelé. Il tenta de se replonger dans la lecture du volume consacré à *Descartes et l'Optique*. Mais à intervalles réguliers, levant les yeux de son livre, il pensait à Sophie Li. Il avait le sentiment, de plus en plus net à mesure que s'éloignait leur entrevue, de s'y être mal pris. Il avait été agressif et c'était inutile. Sans doute la jeune fille le haïrait-elle désormais de toutes les fibres de son âme de *brute*. Certes, elle n'était pas sympathique. Mais c'était la peur qui la rendait ainsi. Et, tout bien considéré, elle avait de bonnes raisons d'avoir peur. Elle n'avait pas choisi la facilité en s'orientant vers l'étude des humanités : les places étaient rares et les débouchés incertains. Son choix témoignait d'un certain courage. Elle méritait mieux qu'un professeur susceptible. Il soupira, mécontent de lui. Lorsque sa montre indiqua la fin de sa permanence, il décida d'aller boire un café.

En pénétrant dans la salle réservée aux professeurs, il entendit, de l'autre côté de la cloison qui isolait la machine à café, une voix nasale et métallique :

— Eh oui, que voulez-vous, chère madame, cœur qui soupire n'a pas ce qu'il désire !

Du gloussement réprobateur et charmé qui s'ensuivit émergèrent ces quelques mots :

— Oh, monsieur Mortemousse !

North leva les yeux au ciel. S'il avait pris son café plus tôt, il aurait pu s'épargner le désagrément de croiser Marc Mortemousse. À ce collègue, North reprochait en privé sa « personnalité envahissante » — ce qui était une façon somme toute assez banale de dissimuler l'inextinguible envie que lui inspirait son charisme : lui au moins s'y entendait pour laisser dans l'esprit de ses interlocuteurs un sillage de vétiver ! Il connaissait, lui, l'art de s'éclipser sur une pirouette ! De badiner avec les secrétaires ! De vous glisser une phrase entre deux portes ! Tandis que North, en pareille occasion, murmurait quelques mots inaudibles en se balançant d'une jambe sur l'autre. De là était née une de ces antipathies larvées, à sens unique, et qui font flèche de tout bois. Ainsi arrivait-il à North d'ironiser sur la fulgurance de la carrière de son collègue — qui avait obtenu son premier poste à trente ans — en insinuant que son militantisme n'y était pas étranger (Mortemousse avait fondé, quelques années auparavant, le SEGLE : Syndicat des enseignants gays et lesbiens). « Je devrais peut-être créer un syndicat des enseignants végétariens, susurrait North, nul doute que ça ferait de moi un bien meilleur chercheur. » Mais son persiflage ne rencontrait aucun écho. Souvent, au contraire, les visages se fermaient : on se souvenait encore du procès pour homophobie qui, à l'instigation du SEGLE, avait entraîné la chute du doyen Saab ; peut-être aussi pressentait-on que Mortemousse briguerait un jour la présidence de la faculté. Parfois North tentait de se raisonner. Après tout, songeait-il, lui-même avait largement bénéficié du prestige qui s'attachait à son nom : sans son grand-père, jamais il n'aurait intégré les rangs du Prytanée, qui passait pour l'un des meilleurs lycées du pays. Même son élection à la faculté devait quelque chose, il en était conscient, à l'héroïque aura d'Axel North. Reprocher à un tiers d'avoir été favorisé, n'était-ce pas exprimer, de façon transparente et grossière, l'inconfort qu'il éprouvait par moments à la pensée d'avoir été, toute sa vie, un pistonné ? De plus, Mortemousse s'était toujours montré courtois à son égard. Mais la plupart du temps, ces arguments ne suffisaient pas à l'apaiser. Le fait même que son antipathie ne fût pas réciproque ne l'amadouait en rien : tantôt il y voyait une preuve supplémentaire de la stupidité de *cette grande folle de Mortemousse*, tantôt au contraire, prêtant à celui-ci une perversité profonde, il le soupçonnait de se moquer de lui ! Et de fait, avec son crâne rasé, son occiput boudiné, son nez bulbeux, sa bouche en cul-de-poule, la physionomie de Mortemousse présentait je ne sais quoi de foncièrement ironique. Mais ce que North trouvait le plus déroutant dans ce visage, c'était les yeux — si froids, si bleus, rendus si démesurés par les verres épais des lunettes que North ne les affrontait jamais sans crainte, parce qu'il se sentait, en leur présence, percé à jour. Peut-être même, à l'origine de son antipathie pour Mortemousse, n'y avait-il que la peur de ces yeux dont l'azur neigeux lui donnait la sensation d'être nu.

— Ce cher Damien, comment allez-vous ?

Mortemousse s'avançait vers lui, la main tendue, un sourire de propriétaire aux lèvres. North, pressé de fuir au plus vite, bredouilla qu'il ne faisait que passer, invoqua un livre à prendre à la bibliothèque.

— Mais faites donc, mon cher, nous ne vous retenons pas !

Ces mots, dont la vertu comique n'était pas manifeste, firent pouffer la secrétaire qui se tenait en retrait, les yeux baissés. Mortemousse excellait à créer autour de lui une atmosphère pour ainsi dire éthylique, où l'on riait sans trop savoir pourquoi, sous l'effet d'une pression impalpable et continue. North lui-même se surprit à sourire, par lâcheté, parce que c'était la seule chose à faire. Puis il s'éclipsa.

Comme il était scrupuleux jusque dans le mensonge, il prit le chemin de la bibliothèque et, en cours de route, se persuada qu'il pourrait y emprunter un roman pour divertir ses soirées d'hiver. Il déambula parmi les rayonnages consacrés à la littérature, balayant du regard les titres innombrables, hésitant, prenant entre ses mains, comme pour les soupeser, les volumes qu'il songeait à choisir, optant enfin pour un roman policier. À peine venait-il d'émerger d'entre les travées, son livre à la main, qu'il se trouva nez à nez avec Macha Pavlik, qui le salua sans se départir de ce pragmatisme un peu rogue qui lui valait, parmi certains collègues malintentionnés (au premier rang desquels Mortemousse), le surnom de *Machette*. Elle partageait, Machette, avec un certain nombre d'êtres insatisfaits, le don de faire sentir aux autres qu'ils ne sont pas à leur place. Toujours, en sa présence, North se sentait sommé de se justifier, à la façon d'un enfant pris les doigts dans le pot de confiture. Aussi entreprit-il d'expliquer qu'il était venu chercher un roman « pour les soirées d'hiver ». Machette, sans le laisser finir, lui demanda soudain s'il avait reçu son dernier mail. Le visage de North exprimant une dénégation perplexe, elle ajouta, visiblement agacée :

— Au sujet de la pétition !

Laquelle ? aurait répondu North s'il s'était senti d'humeur plus taquine. Il ne se passait pas un mois sans que Machette soumette à l'approbation de ses collègues une pétition, un manifeste, ou quelque lettre ouverte aux grands de ce monde. Car si elle pouvait passer pour une personne insatisfaite, ce n'était pas à cause des vicissitudes de son existence particulière, mais parce que la vie en général était mal faite — violente, injuste, pourrie. La dernière infamie dont la vie s'était rendue coupable revêtait la forme d'un projet de loi élaboré par Albert Walther, le ministre de la Justice, aux termes duquel toute personne amenée à fréquenter des mineurs, même occasionnellement, se verrait obligée de s'inscrire dans un fichier qui répondait au nom de Télémaque. Une fois ce fichier constitué, l'administration pourrait non seulement vérifier les antécédents judiciaires des intéressés, mais aussi examiner « leur mode de vie, leurs fréquentations et leurs croyances ». La moindre trace laissée sur internet — réseaux sociaux, blogs, forums —, le moindre avis fourni par un ancien employeur, le simple témoignage d'un voisin étaient susceptibles d'intégrer cette base de données. L'objectif poursuivi par le gouvernement était d'éviter que ne se reproduisent des drames semblables à celui qui venait de frapper un village des environs. Un chauffeur de bus scolaire y avait violé puis tué une fillette de l'école où il était employé ; or cet homme avait été interrogé quinze ans auparavant, sans être poursuivi faute de preuves, dans le cadre d'une affaire similaire. Comme toute entreprise de fichage, Télémaque suscitait l'indignation parmi les défenseurs des libertés individuelles. Enseignants, médecins, infirmiers, animateurs, aumôniers, entraîneurs sportifs et autres bénévoles protestaient sans relâche depuis plusieurs semaines. Machette tentait, non sans peine, d'associer ses collègues à l'insurrection, car eux aussi étaient concernés (quelques étudiants étant encore mineurs). Quand elle s'était avancée vers North dans la cour d'honneur quelques jours plus tôt, avec sa pétition et un sourire si large qu'il en était effrayant, il avait tenté d'esquiver : on verra, avait-il répondu, ce qui était sa façon de dire non. Il avait toujours refusé de signer des pétitions, de même qu'il n'avait jamais voté.

— Tu sais que si tout le monde était comme toi, avait ironisé Machette, les Noirs seraient encore obligés de monter à l'arrière des bus !

Ce jour-là, North avait enduré sans broncher ses sarcasmes. Mais, à présent, il ne se sentait pas de taille à lutter contre Machette qui déjà, l'œil aigu, le cheveu ras, les lèvres gercées, l'entretenait à haute voix des dangers du fichier Télémaque, indifférente aux regards courroucés des lecteurs installés dans la bibliothèque. Il ferait tout ce qu'elle demandait, pourvu qu'elle se taise. Et puis, au fond, il était d'accord : ce projet de loi était absurde. Il sortit un stylo de sa poche et signa la pétition.

— Cool ! s'exclama Machette qui, lorsque l'apathie de ses collègues ne la contraignait pas à s'endurcir, laissait libre cours à son naturel jovial et chaleureux. Tu veux prendre un café ?

North secoua la tête, prétextant un déjeuner en ville. Et il quitta la bibliothèque d'un pas feutré mais vif, oubliant d'emporter son roman tant il était pressé de fuir.

Quelques minutes plus tard, de retour chez lui, il tenta de nouveau de consulter internet : *accès refusé*, encore. Le technicien du service informatique n'avait toujours pas appelé. North se promit de relancer les anges sitôt qu'il aurait déjeuné. Vers midi et quart, au moment précis où ses œufs brouillés étaient en train de prendre, il entendit sonner à la porte.

— Une minute ! cria-t-il.

On sonna de nouveau. Le technicien, venu à l'improviste ?

Il courut ouvrir. Deux hommes de petite taille dardèrent sur lui des yeux si attentifs que North à son insu se raidit, après quoi l'un d'eux énonça d'une voix ferme (à peine y avait-il, dans le sillage de sa parole, un très vague et très petit point d'interrogation) :

— Monsieur Damien North.

— Si c'est pour le calendrier des pompiers, j'ai déjà donné.

Les deux hommes échangèrent un regard. North songea que ses œufs devaient attacher à la casserole, esquissa un geste en direction de la cuisine.

— Monsieur North, reprit l'homme après s'être éclairci

la gorge, vous êtes en état d'arrestation pour consultation et détention d'images à caractère pédopornographique.

North entrouvrit les lèvres ; aucun son ne sortit de sa bouche. Sans le quitter des yeux, l'agent poursuivit :

— Mon collègue va saisir votre matériel informatique.

Et, lui tendant un papier, il ajouta :

— Notre mandat.

North parcourut la feuille du regard, incapable d'en lire un seul mot, à l'exception de son nom et de son adresse — 1357, bd Mauve — qui étaient écrits à l'encre bleue. Il s'effaça pour laisser passer le collègue.

— Dans le salon, précisa-t-il, la gorge sèche.

Puis, se tournant vers l'agent :

— Qu'est-ce que...

— Vous pourrez vous expliquer au commissariat.

North hocha la tête. Puis, levant la main afin de se prémunir contre une nouvelle interruption, il ajouta, et sur ses lèvres tremblait le sourire que provoque la persistance de préoccupations triviales dans les circonstances les plus graves :

— J'ai quelque chose sur le feu ; je devrais peut-être aller... ?

L'agent secoua la tête.

— Delenda ? cria-t-il. Dans la cuisine... éteignez le feu.

Quand North comprit qu'on préférait qu'il reste où on pouvait le voir, ses jambes se dérobèrent. Il s'adossa au montant de la porte. De la cuisine parvenait, par bouffées, une odeur de brûlé. Garée sur le boulevard Mauve, quelques mètres plus loin, une voiture de police. North croisa le regard de l'agent, baissa les yeux. Delenda reparut enfin, l'ordinateur portable entre les mains.

— Rien d'autre ? demanda son supérieur.

Delenda sans répondre continua vers la voiture.

— Si vous voulez bien venir avec nous, monsieur North ? Vous voulez peut-être... vous changer ?

North s'aperçut alors qu'il portait encore son tablier — un tablier de toile cirée, rapporté d'un voyage à l'étranger, au centre duquel un maître queux, de profil, se lissait la moustache en clignant de l'œil. Il voulut l'enlever ; ses mains tremblaient ; il ne parvint qu'à compliquer le nœud du ruban attaché dans son dos.

— Attendez.

L'homme qui n'était pas Delenda vint l'aider à défaire le nœud.

— Ne bougez pas.

North sentit son souffle dans sa nuque.

— Voilà.

North hésita à le remercier, n'en fit rien, retira le tablier qu'il suspendit au portemanteau du salon où il prit une parka verte. Tandis qu'il la boutonnait minutieusement, comme avant une promenade dans un pays très froid, il aperçut au fond du jardin, à travers la porte-fenêtre, la nudité enchevêtrée du mûrier-platane.

2

À leur arrivée au commissariat, Delenda introduisit North dans une pièce exiguë.
— Vous pouvez vous asseoir, dit-il en désignant une chaise en plastique.
North répondit qu'il préférait rester debout.
— C'est que le commissaire ne va pas vous interroger tout de suite, expliqua Delenda avant d'ajouter sur le ton de la confidence, avec cette familiarité mêlée de déférence qu'adoptent parfois les subalternes pour évoquer un supérieur hiérarchique : il est au téléphone avec son frère, c'est toujours un peu compliqué...
« Qu'est-ce que j'en ai à foutre du frère du commissaire ? » songea North en s'asseyant. Puis il tenta de reprendre ses esprits. Mais il avait beau s'exhorter au calme et à la réflexion, plus il essayait, moins il y parvenait. Son cerveau était vide et comme engourdi. Seuls retentissaient dans sa mémoire, opaques, absurdes, les mots employés lors de son interpellation : *consultation et détention d'images à caractère pédopornographique*. Delenda porta enfin l'index à son oreillette.

— C'est bon, dit-il.

North le suivit jusque dans une pièce voisine, à peine plus large, où l'attendait, derrière un bureau encombré de dossiers, un homme d'une quarantaine d'années qui portait, sous une veste noire, un col roulé gris clair.

— Commissaire Estange, dit-il en invitant North à s'asseoir; je m'occupe de la traque et de la répression des réseaux de pédophilie sur internet.

Et, croisant les bras sur son bureau, il se pencha vers le prévenu, comme pour mieux l'examiner. Au fond de son visage osseux, sous des sourcils obliques, brûlaient des yeux étroits, enfoncés, bordés de petites rides. Ses lèvres, incurvées par une sorte de rictus qui ressemblait à un sourire, imprégnaient sa physionomie d'une courtoisie narquoise. Puis, haussant les sourcils, Estange disposa sur le bureau une dizaine d'images imprimées.

— Regardez, dit-il. On en a trouvé plus de mille sur votre ordinateur, des comme ça.

Certaines représentaient de jeunes corps dénudés; sur d'autres, de la chair d'enfant se mêlait à de la chair d'homme. North leva vers Estange des yeux qui ne comprenaient pas.

— Ça ne vous rappelle rien? fit le commissaire.

North secoua la tête. Les mots se pressaient dans sa gorge mais, comme dans ces rêves où l'on demeure immobile alors qu'on voudrait fuir, pas un ne sortit. Aucun n'était assez lourd, assez définitif. Jamais il ne parviendrait à exprimer simultanément sa terreur, sa colère et son dégoût. C'était crier qu'il aurait voulu. Il lui fut aussi dou-

loureux de déglutir que s'il avait eu une angine. Enfin il put articuler :
— Je n'ai rien à voir avec... ça.
Estange hocha la tête d'un air compréhensif. Le cœur de North battit plus vite. Dans un instant tout serait fini.
— C'est tout à fait normal...
La voix était rassurante, chaleureuse presque.
— ... quatre-vingt-cinq pour cent des pédophiles sont dans le déni. Pour préserver l'estime de soi. Ce n'est pas facile de s'avouer, tout à coup, qu'on est un (ici les doigts d'Estange tracèrent en l'air d'imaginaires guillemets) *pédophile*. De prendre conscience de ce qu'on est, d'affronter le regard des autres. Je peux comprendre. C'est important de se protéger.
Et le commissaire, songeur, répéta :
— Quatre-vingt-cinq pour cent...
Puis il reprit :
— Mais il faut que vous compreniez que je suis là pour vous aider. Que je ne suis pas *contre* vous. Plus vous me parlez, mieux ce sera pour vous. D'accord ?
North plissa les yeux, à la façon d'un myope dont on aurait volé les lunettes.
— Je vous dis que je n'ai rien à voir avec ces photos ! répéta-t-il, hargneux, car à l'énergie de la dénégation s'ajoutait la frustration de n'être pas pris au sérieux.
Estange se leva brusquement. North sursauta : « Il va me frapper » ; et ses mains amorcèrent un geste de défense.

Mais le commissaire, les poings dans les poches, le regarda sans rien dire. Il errait dans la grotte de Pan.

Vers treize ou quatorze ans, Estange s'était aventuré, par une après-midi d'été, dans une grotte qu'on appelait la grotte de Pan. Elle était parcourue de tunnels, de passages et de boyaux qui en faisaient un véritable labyrinthe. Il s'était muni pour son exploration d'une lampe de poche dont les piles avaient rendu l'âme au plus profond de la grotte. Retrouver la sortie sans lumière était impossible : trop d'embranchements, de culs-de-sac et, surtout, quelques gouffres réputés périlleux. Pendant une minute ou deux, en proie à une peur panique, l'adolescent avait écouté son propre souffle dans l'obscurité. Puis il avait eu la présence d'esprit d'utiliser son appareil photo, dont il ne se séparait jamais. Après chaque éclair du flash, il fermait les yeux : par un effet de persistance rétinienne, l'image entrevue dérivait quelques instants sous ses paupières closes, et il pouvait avancer d'un mètre ou deux avant qu'elle ne s'estompe. Alors il fallait prendre une nouvelle photo. À l'angoisse avait succédé, à mesure qu'il approchait de la sortie, une euphorie qu'il n'avait jamais connue auparavant. Et c'était ce sentiment qu'il retrouvait, plus ou moins intense, chaque fois qu'il interrogeait un de ces êtres dont l'âme était plus noire qu'une grotte. Chacun de ses mots, chacun de ses gestes, chacune de ses intonations lui permettait d'entrevoir, l'espace d'un instant, des formes, des aspérités, des gouffres, des impasses — et, parfois, la promesse d'un chemin. Puis l'obscurité reprenait le dessus, avant qu'une nouvelle question, un autre geste, une intonation différente ne percent, fugitivement, la nuit du labyrinthe.

En se levant de sa chaise avec une soudaineté calculée, Estange n'avait fait qu'actionner son flash. La réaction de North ne lui échappa pas : peureux, nota-t-il, bon à savoir ; intéressant même, s'agissant d'un descendant d'Axel North. Quelques gènes avaient dû muter en cours de route. Puis l'homme assis en face de lui redevint une grotte obscure. Alors Estange passa de l'autre côté du bureau et posa sur l'épaule de North une main protectrice.

— Tenez, celle-ci, par exemple, vous vous en souvenez ? demanda-t-il, affable, l'index tendu vers une des photos étalées sur le bureau. Vous l'avez téléchargée le... 13 août dernier. Elle vous a donné du plaisir, cette image ? Elle est mignonne, la gamine... jolies fesses... Et celle-là ? La petite métisse ? Pas mal, non ?

Dans le regard de North, l'incompréhension se teinta de douleur, car il venait de comprendre qu'il était pour le commissaire un objet d'horreur — un monstre, ni plus ni moins, qu'Estange cherchait, en tâtonnant, à apprivoiser. Il comprenait que cet homme dont la paume était chaleureusement posée sur son épaule tentait, tant bien que mal, de se mettre à son niveau, d'instaurer entre eux une sorte de complicité. Complicité factice, abjecte, pénible pour l'un comme pour l'autre. Et à l'étonnement douloureux que lui inspira cette découverte se mêla une soudaine pitié pour ce fonctionnaire obligé d'affronter l'abjection à longueur de journée ; pour ses tactiques éculées, son intelligence ordinaire et ses intuitions trompeuses. Il avait envie de le consoler, de tapoter la main posée sur son épaule en murmurant : « Rassure-toi, je n'en suis pas, nous pouvons parler toi et moi — cinéma, football, voyages, comme tu voudras. » Une alliance brillait à l'annulaire du commissaire. « Et Mme Estange, comment va-t-elle ? Comment vous êtes-vous rencontrés ? Vous avez des enfants ? Et avec votre frère, tout à l'heure, au téléphone, ça ne s'est pas trop mal passé ? » Un homme parmi d'autres, qui s'efforçait de vivre sa vie. Un homme qui devait, lui aussi, éprouver quelques difficultés à se coiffer le matin. North leva les yeux vers le front du commissaire au sommet duquel, entre les golfes largement dégarnis, jaillissait une touffe isolée de cheveux beiges qui retombait, mousseuse, sur le côté. À la pensée qu'Estange devait consacrer cinq minutes par jour à l'agencement minutieux de ce vestige, une lueur amusée traversa son regard. Estange, qui peut-être s'en aperçut, changea soudain de ton :

— Dix mois il a, celui-là, pas plus ! hurla-t-il en brandissant une des photos. Tu te rends compte un peu ? Tu crois qu'il accepte ce qu'on lui fait, là ? Mais regarde, putain, regarde ! Tu crois qu'il va s'en sortir ? C'est comme s'il venait de marcher sur une mine antipersonnel, là ! Et je vais te dire un truc : c'est pire. Tu sais pourquoi c'est pire ? Parce qu'il n'a même pas encore l'âge de marcher, ce bébé ! C'est pas une *image* que je te montre, là, c'est un *crime* !

North protesta une nouvelle fois de son innocence. Mais Estange, tapant sur le bureau, l'interrompit :

— Tu m'écoutes, maintenant !

Ses lèvres entrouvertes découvraient des dents petites, pointues, jaunies par le tabac. Plus tard, lorsqu'il se remémorerait cet interrogatoire, le commissaire se souviendrait avec une nostalgie un peu honteuse de la jubilation, vite réprimée mais fulgurante, qu'il avait ressentie en exerçant sa rudesse contre le porteur d'un des noms les plus illustres de la nation.

— Tu te rends compte qu'il y a des gens qui, à cause de types comme toi, pour faire plaisir à des types comme toi, tu te rends compte qu'il y a des gens qui font *ça* à leurs enfants ? Pour toi ? Bien tranquille dans ta petite maison, derrière ton petit ordinateur, avec ton petit kleenex ? Qu'à cause de toi il y a des pauvres tarés qui font ces choses à des enfants ? Tu comprends, ça ?

Comme North gardait les yeux baissés, le poing du commissaire s'abattit de nouveau, formidable, furieux, imprévisible, sur le bureau.

— Tu comprends ?

L'odeur qui parvint à ses narines lui révéla que le prévenu, sous l'effet de la terreur sans doute, maîtrisait avec difficulté ses sphincters. Il était temps de calmer le jeu.

— Quelque part, reprit-il d'un ton plus doux mais non moins angoissant (le ton qu'adoptait North pour expliquer à un élève singulièrement inadapté que peut-être il ferait mieux de changer de filière), quelque part, en train de faire *ça* à ce bébé, et ça — et ça — et ça, c'est toi. Ce n'est pas toi, d'accord, mais en un sens, c'est *aussi* toi.

North baissa la tête : il ne pouvait soutenir la vue des images qu'Estange agitait sous son nez. « Il regarde ses mains », observa le commissaire qui vit là un signe de remords. Le moment était venu de passer à la phase suivante. *1° : empathie. 2° : intimidation. 3° : responsabilisation*, tel était le prisme au travers duquel il examinait les êtres que leur destinée conduisait dans son bureau. S'assurer dans un premier temps qu'ils ne baignaient pas dans l'irréalité de la psychose ; bombarder ensuite les édifices plus ou moins fragiles de la minimisation ou du déni ; tenter enfin d'établir un dialogue qui, par un dosage d'humiliation et de flatterie, sollicitait des facultés parfois endormies telles que la rationalité, la dignité, ou la responsabilité individuelle. Le passage à la troisième phase impliquait, entre autres choses, le retour au vouvoiement.

— Je sais ce que vous allez me dire, poursuivit-il en se caressant le nez (qu'il avait long, discret et sympathique). Vous allez me dire : Mais, monsieur, je ne suis pas Porsenna, moi. OK. D'accord. Encore heureux que vous ne soyez pas Porsenna. Mais qui nous dit que Porsenna, avant de violer… combien déjà, douze enfants ? treize ?… qui nous dit que Porsenna n'a pas commencé, lui aussi, par regarder des images ? Hein ? Qu'est-ce qui nous le prouve, qu'il n'a pas commencé comme vous ?

Le visage d'Estange — sourcils levés, regard sceptique, menton provocateur — ne formait plus qu'une grande question, une de ces questions que les linguistes appellent *oratoires* parce qu'elles contiennent déjà leur propre réponse. North esquissa la mimique attendue.

— Et ça ne vous a jamais traversé l'esprit plus tôt, tout

ce que je vous dis là ? Vous n'êtes pas le dernier des imbéciles, pourtant, à ce qu'il paraît : *professeur de philosophie*, énonça-t-il avec une déférence narquoise après un coup d'œil vers l'écran de son ordinateur.

« Encore un qui a un compte à régler avec ses professeurs » ; North était accablé par la tournure que prenait l'entretien.

— Alors quoi, continua le commissaire, vous êtes philosophe, mais seulement les jours ouvrés ? C'est ça ? Expliquez-moi. Je vous écoute.

Comme North ne répondait pas, Estange hasarda une hypothèse. Dans la plupart des cas, avança-t-il, l'appétence pour les images pédopornographiques dérivait d'un désir inavouable.

— On a trouvé la photo d'une gamine, chez vous. En maillot de bain. C'est qui ?

— ...
— C'est qui ?
— Ma nièce.
— Votre nièce. Vous éprouvez des sentiments pour elle, des désirs peut-être, qui vous ont effrayé ? Alors vous avez préféré vous réfugier dans les images ? C'est ça ? Je comprendrais, vous savez. N'importe qui pourrait comprendre. Vous êtes célibataire ?

— Veuf. Enfin, techniquement, nous n'étions pas mariés, mais...

— Depuis longtemps ? reprit Estange après l'intervalle de silence que provoquait invariablement cette réponse.

— Douze ans.

« Le profil-type », songea le commissaire en hochant la tête.
— Et... vous avez quelqu'un dans votre vie ? En ce moment ?
— Non.

Depuis la mort de Sylvia, il était entré, comme on le dit des arbres, en dormance. La caresse, l'étreinte d'un autre corps, dont le besoin s'était parfois fait sentir au commencement de ce long sommeil, se présentaient maintenant à sa mémoire dans le silence enlisé des images qui surnagent d'un rêve. À peine se définissait-il encore, lorsqu'il songeait à ces choses-là, comme un être sexué. Il se flattait d'être parvenu, à force de tristesse, d'ascèse et d'oubli, à une sorte de neutralité impalpable et supérieure.

Faire advenir chez l'autre une parole responsable, tel était l'objectif de la troisième phase. Jusqu'ici, Estange s'y employait sans succès. North était peureux : pourquoi ne pas jouer là-dessus ?

— Et vous n'avez jamais pensé à en parler à quelqu'un ? Un psychiatre, je ne sais pas ? Parce que là, vous savez, cinq ans de zonzon, ça va faire cher la thérapie...

— Mais puisque je vous dis que je n'ai rien fait ! explosa North. Vous pouvez le comprendre, ça ? Ou c'est trop compliqué pour vous ?

Il avait la voix nouée. Estange le regardait sans ciller. Il suffisait de rester impassible et de laisser œuvrer la peur.

North avait le dos moite, des omoplates jusqu'aux fesses. Son pantalon lui collait aux cuisses. Ses chaussettes lui serraient les mollets. Il tourna la tête vers le radiateur électrique, dans l'espoir d'attirer l'attention du commissaire. Celui-ci le regardait, les lèvres toujours incurvées par une trompeuse expression de bienveillance. Mais il se garda bien de baisser le chauffage. « Un détail, pensa North en déboutonnant le col de sa chemise, vite, un détail. » Seuls les détails le sauveraient, maintenant.

— Ces images, reprit-il d'une voix plus calme, d'où proviennent-elles ?

— *Flowerbloom,* répondit le commissaire. Une plateforme de *peer-to-peer.* Un de nos agents a réussi à l'infiltrer : « Humbert-Humbert », vous vous souvenez peut-être ? C'était son pseudo. Il y a trois mois... mi-novembre... Il vous a proposé un lot de neuf cent cinquante photos, vous avez accepté. C'est comme ça que nous avons pu récupérer votre adresse IP. À partir de là... La procédure est un peu longue, mais c'est un jeu d'enfant.

North réfléchit quelques instants, la jambe droite agitée d'un tressaillement qui était comme une exhortation à la vivacité. Jamais, depuis l'époque où il passait des oraux devant des messieurs cravatés d'un savoir sourcilleux, il n'avait exercé concentration si active. Chacun des mots d'Estange lui semblait un piège à éviter.

— Si j'étais allé télécharger des images sur ce site, on en trouverait forcément la trace sur mon ordinateur, non ?

— Mais c'est le cas, monsieur North, c'est le cas. Votre disque dur est truffé de fichiers fantômes. Après, ce que vous avez fait de ces images — vous les avez peut-être supprimées, vous les avez peut-être mises sur une clef USB qu'on ne retrouvera jamais, vous les avez peut-être imprimées pour en faire des confettis —, moi, ça m'est égal. Ce que je sais, c'est que vous les avez téléchargées. Sinon ces fichiers fantômes ne seraient pas sur votre disque dur. Point final.

North fronça le sourcil. Après tout, le commissaire n'avait aucune raison de lui mentir. En ce cas...

— Ça doit être un virus alors, ou peut-être un... comment... un cheval de Troie ?

Estange agita l'index catégorique et débonnaire de celui à qui on ne la fait pas.

— J'ai fait scanner votre ordinateur avant notre entretien. Tout est clean. Aucune infection. C'est un peu le coup du chien qui a mangé le devoir de maths, le virus. La plupart des gens comme vous, quand ils se font prendre, disent que c'est un virus. La prochaine fois, essayez de trouver quelque chose d'un peu plus original.

Ce fut alors que, les mains jointes et le regard franc, North murmura *s'il vous plaît*. Il commençait à perdre pied.

— S'il vous plaît... Je... Ces histoires de *peer-to-peer*, de fichiers fantômes, tout ça, c'est comme une langue étrangère pour moi... Je serais incapable... Internet, je m'en sers pour ma recherche, mais... Je ne sais même pas booter mon BIOS. Vous n'avez qu'à demander au service informatique de la faculté, ils vous diront que je suis nul...

— Justement, l'interrompit Estange, il n'y a que les nuls qui se font coincer. C'est tout notre problème, d'ailleurs : on ne ramasse que des nuls. Les personnes qui sont derrière tout ça, pour les attraper, c'est plus compliqué.

North baissa la tête. Même son incompétence se retournait contre lui. Il entrevoyait le profil qui devait être le sien aux yeux du commissaire : celui d'un pervers distrait et maladroit, d'un inadapté bardé de diplômes, qui n'était pas sans évoquer, par exemple, ce gaucher bègue et mélancolique, professeur de mathématiques, photographe amateur de fillettes dénudées, que la postérité connaissait sous le nom de Lewis Carroll. Et il en fut affligé parce que cette image, sans être vraie, n'était pas tout à fait fausse. Il tenta tout de même un dernier assaut :

— C'est vous qui avez fait bloquer mon accès à internet ce matin ?

Estange opina d'un battement de paupières.

— Et vous ne croyez pas que si j'étais vraiment coupable, ça m'aurait alerté ? Que j'aurais pris la fuite ?

— Prendre la fuite, mais où ça ? Vous croyez qu'on vous aurait laissé partir ? grommela le commissaire.

L'entretien, de son point de vue, était terminé. Ce n'était plus un homme qui était assis en face de lui, ce n'était plus un mystère à sonder, c'était un poisson en train de se tortiller sur la berge. Désormais, il le savait, tous les efforts de North ne tendraient que vers un seul but : s'en sortir. Regagner les eaux d'où on l'avait pêché. Il y avait dans ce spectacle quelque chose de péniblement biologique qui émoussait l'intérêt d'Estange : elles étaient dissipées, les ténèbres de la grotte de Pan ; il était révolu, l'instant de la confrontation obscure et tâtonnante de deux êtres enveloppés d'une égale pénombre. C'était à la justice, maintenant, de s'occuper de Damien North. Lui avait rempli son office : il avait appréhendé un homme ; il lui avait expliqué les raisons de son arrestation ; il lui avait montré le visage de la loi. Ne restait plus qu'un point technique à régler.

— Les faits qui vous sont reprochés ne justifient pas, du point de vue légal, votre mise en détention provisoire. C'est au ministère public qu'il appartient de prendre la décision, bien sûr, mais dans votre cas c'est presque une formalité. Vous serez donc libéré, sous caution, jusqu'au procès. Concernant le versement de la caution...

North ne possédant pas la somme requise, Estange détailla les possibilités restantes avec un excès de minutie qui n'était peut-être que le contrecoup de son étonnement (il s'imaginait North assis sur un tas d'or). Mais les solutions proposées — le recours à un intermédiaire rémunéré, l'enregistrement d'une hypothèque sur la maison du boulevard Mauve — semblaient désavantageuses à North. Ce fut alors qu'il songea à demander l'assistance d'un avocat.

— Qui c'est, votre avocat ? demanda le commissaire en se servant un verre d'eau.

North ne connaissait pas d'avocat. Il n'en avait jamais rencontré. Il murmura :

— Appelez mon frère. Il saura, lui.

3

— Quelle faveur ? demanda Marc Mortemousse, dont le sourcil soudain levé trahissait une curiosité mêlée d'appréhension.

Ce sourcil n'augurait rien de bon. Cependant, après un coup d'œil au saint Sébastien dont la chair jaunâtre brillait à la lueur des lampes, North répondit :

— Je voudrais...

Nouveau regard vers le saint. C'était une peinture à l'huile, grandeur nature, accrochée au centre d'un mur lambrissé de bois sombre, chêne ou noyer.

— Je voudrais que le Syndicat m'aide à trouver un avocat...

Les lèvres de Mortemousse adoptèrent la forme qui leur était devenue, au fil des ans, consubstantielle : celle du cul-de-poule. North scruta cette bouche, qui lui avait toujours inspiré une certaine répugnance, comme il aurait considéré l'oracle de Delphes. Et il se demanda comment il avait pu tomber si bas.

Un avocat, Joseph North en avait pourtant expédié un au commissariat, toutes affaires cessantes, pour payer la caution de son frère.

Mᵉ Sintès était arrivé par l'avion de quinze heures. C'était un petit homme à la tête ronde, au regard franc, au nez large et tendre, que seule une pilosité vigoureuse semblait séparer de l'enfance. North ne l'avait jamais rencontré, mais le nom ne lui était pas inconnu. Il avait dû l'entendre au hasard des conversations familiales, pendant les fêtes de fin d'année. Sintès s'occupait des finances de Joseph.

Après quelques mots rassurants à l'adresse de son client, Sintès était allé s'entretenir avec Estange. Les deux hommes avaient échangé à mi-voix, sous les néons du commissariat, quelques mots sobres et précis. Dehors il faisait nuit. Elle tombait si tôt en cette saison, la nuit, et si vite, que North, bien qu'habitué au climat septentrional de la ville, avait toujours l'impression, devant ces crépuscules guillotinés, d'assister à un coup de force élémentaire.

Le commissaire avait passé un appel. Puis il était venu vers North.

— Je viens de notifier votre interpellation au substitut du procureur, avait-il déclaré. À compter de cet instant vous êtes placé sous contrôle judiciaire, ce qui signifie, concrètement, qu'il vous est formellement interdit de quitter le territoire avant votre procès et d'entrer en contact avec des mineurs. Toute infraction sera suivie d'une incarcération immédiate. Vous recevrez, sous qua-

rante-huit heures, une convocation officielle pour l'audience. Votre procès devrait s'ouvrir dans une dizaine de jours.
Sintès avait murmuré à son oreille :
— Ne vous affolez pas, c'est la procédure. Le plus important, c'est que vous échappiez à la détention préventive. Je crois (avait-il ajouté en élevant la voix) que monsieur le commissaire n'a plus rien à vous demander ?
Estange fit signe que non.
— Alors, je vous raccompagne chez vous.
North emboîta le pas à l'avocat. À la sortie du commissariat, le voyant frissonner, celui-ci murmura :
— Vous devez être épuisé, j'appelle un taxi ?
North secoua la tête. Il avait besoin de se dégourdir les jambes. Ils marchèrent côte à côte, deux petits hommes sur un boulevard mal éclairé.
— Vous le croyez, vous ? Que je n'ai rien fait ?
— Évidemment, répondit Sintès. Évidemment.
North sentit alors comme un reflux d'âme ; et ses yeux, d'instinct, se baissèrent pour masquer sa déception. Ce qu'il aurait voulu entendre, c'étaient des mots denses, complets, substantiels, des mots comme il n'en existe pas. Il venait d'éprouver, pour la première fois, la profondeur de la plaie ouverte en lui, une plaie qu'aucune parole ne fermerait jamais. La fin du trajet fut silencieuse.
Devant le 1357, boulevard Mauve, North offrit à l'avocat de boire un verre. Sintès déclina : son avion décollait dans une heure. Il ajouta, sur le ton de la confidence :

— Vous le savez peut-être, le droit pénal n'est pas ma spécialité...

Sur ses joues rasées de frais, le poil déjà renaissant jetait des reflets bleus.

— Je vais demander à un ami pénaliste d'assurer votre défense. Il vous contactera dans les jours qui viennent. Ne vous inquiétez pas, vous serez en de bonnes mains : le confrère auquel je pense est l'un des meilleurs.

North remercia, tout en réprimant un claquement de dents. Il se sentait fiévreux. Il lui tardait soudain que Sintès s'en aille. Mais celui-ci avait la mine d'un homme qui n'en a pas encore fini.

— Au fait, se décida-t-il enfin, votre frère m'a chargé de vous dire qu'il aimerait que vous l'appeliez au plus vite.

— Bien sûr, répondit North sans tout à fait maîtriser la sécheresse de son intonation.

En dépit des années, le paternalisme un peu condescendant de Joseph n'avait jamais cessé de l'irriter, et l'irritait d'autant plus, en la circonstance, qu'il était justifié : après tout, sans son intervention, il serait encore en train de moisir dans le bureau surchauffé d'Estange. Il éprouvait une gratitude rageuse à l'endroit de Joseph, comme le jour où celui-ci, simplement parce qu'il avait deux ans de plus et savait nager — la belle affaire! —, lui avait *sauvé la vie* dans une piscine. Joseph ne manquait jamais une occasion de rappeler, en public ou en privé, cet épisode de leur enfance. En irait-il de même cette fois-ci? Allait-il endurer, jusqu'à la fin des temps, des allusions répétées à son interpellation par la police ? Mais non. Il exagérait. Il exagérait toujours dès qu'il était question de Joseph.

— Bien sûr, répéta-t-il d'une voix plus douce, en se forçant à sourire. Merci, maître. Merci pour tout.

Il serra la main que lui tendait Sintès. Puis l'avocat s'éloigna dans la nuit et North, pesamment, gravit les trois marches du perron. Tandis qu'il introduisait sa clef dans la serrure à la lumière incertaine des lampadaires, il vit du coin de l'œil se lever puis retomber l'épais voilage de dentelle qui dérobait à sa vue la cuisine de Mme Sissoko, sa voisine.

Une invincible lassitude (ou plutôt une réticence qui prit la forme d'une lassitude dont il n'était qu'à moitié dupe) le dissuada d'appeler sur-le-champ Joseph. Il se déchaussa, changea de vêtements, alluma le chauffage et les lampes du salon. Il se servit un verre de sancerre. Il s'installa dans son fauteuil favori en songeant à se faire couler un bain. Il ouvrit le recueil consacré à *Descartes et l'Optique*, dans l'espoir de se prouver qu'il ne laisserait pas un malentendu troubler sa tranquillité. Car il ne pouvait s'agir d'autre chose que d'un malentendu. Il recevrait sous peu un appel d'Estange, ou même une visite — il imaginait déjà le commissaire se confondant en excuses dans l'encadrement de la porte : regrettable malentendu... erreur inexcusable... Oui, l'incident (c'était ainsi qu'il désignait les événements de la journée) serait bientôt clos. Une expertise approfondie révélerait la présence d'un virus sur son disque dur. Voilà ce qu'il se disait.

Mais son esprit battait la campagne. Avait-il donné dans

un piège ? Il ne se connaissait pourtant pas d'ennemis : attaché à la solitude et au repos, il s'efforçait, par un comportement courtois et réservé, d'offrir aussi peu de prise à l'inimitié de ses semblables qu'à leur amitié. Un collègue, un rival ? Après tout, l'un des cinquante-trois concurrents auxquels il avait été préféré pour le poste à la faculté — était-ce Ravine, Ferreira, Prouesse ? — avait bien tenté de se suicider. Mais cela faisait plus de dix ans : trop d'eau avait coulé sous les ponts. Et puis, la malignité universitaire adoptait en général des formes plus cauteleuses : pareille infamie, en cas de découverte, coûterait cher à son auteur. Mme Sissoko, qu'il avait surprise en train d'épier son retour ? Non, ils n'étaient pas en mauvais termes ; elle avait dû le voir emmener par la police, tout simplement : c'était un événement dans le voisinage (il faudrait d'ailleurs éteindre la curiosité publique en alléguant quelque chose comme des ennuis fiscaux). Alors quoi ? Était-il lui-même son propre adversaire ? Il avait lu quelques romans, et s'était même intéressé à un ou deux faits divers, à l'horizon desquels flottait un mystère en pyjama. Il vivait seul ; son ordinateur était presque toujours allumé ; il n'était pas impossible que, sous l'effet du somnambulisme... L'hypothèse lui plaisait en raison de son caractère inoffensif ; mais, sitôt qu'il en eut épuisé les charmes, cette songerie puérile s'effondra comme un château de cartes. Ne restait plus qu'un homme seul dans sa maison cernée par la nuit. Il regarda ses mains. Elles tremblaient.

Il se leva, colla le front à la vitre, scruta le jardin. Les branches les plus élevées du mûrier-platane perçaient le ciel nocturne ; le tronc se perdait dans l'obscurité ; la vitre se couvrait de buée. North tira les rideaux et alluma la télévision. On ne parlait pas de lui aux informations. Il était encore temps de prendre les devants. La pensée lui vint de sauter dans un train, le soir même, pour une destination lointaine. Il regagna sa chambre, ouvrit une valise, rassembla quelques affaires. Il possédait assez d'argent pour se payer le voyage ; là-bas, il trouverait toujours un moyen de subsistance. Il enseignerait les langues dans une bourgade ensoleillée. Il porterait un chapeau de paille et des habits blancs. En fin d'après-midi, il siroterait des cocktails en lisant la presse locale. Le patron du bar serait presque un ami. Ensemble, ils iraient aux arènes tous les dimanches. Après cinq ou six mois, il enverrait une carte postale à Joseph... Et la caution que Joseph avait payée de sa poche ? Bah ! Que représentaient pour Joseph quelques milliers de moins ? Il saurait comprendre. Vraiment ? Comprendrait-il ? Comprendraient-ils, tous, qu'il ne fuyait pas la justice, mais l'injustice ? À supposer déjà qu'il réussisse à passer la frontière... Il continua ses préparatifs, mais déjà ses mains savaient qu'il ne partirait pas.

Il appela son frère à l'heure de l'apéritif.

— Une seconde, murmura Joseph en reconnaissant sa voix.

À l'arrière-plan, des rires et le tintement de verres entrechoqués. En entendant, filtrés par le téléphone, ces sons auxquels, s'il s'était trouvé sur place, il n'aurait pas prêté la moindre attention, North éprouva la nostalgie de l'homme qui, portant un coquillage à son oreille, écoute la mélodie des profondeurs. Il se souvint des invitations de Joseph, si fréquentes et si souvent refusées, et regretta la froideur dont il avait fait preuve toutes ces années durant. La capitale n'était qu'à deux heures de route. Il aurait pu faire un effort, de temps à autre.

Un escalier gravi d'un pas vif, une porte ouverte aussitôt refermée.

— Voilà.

Joseph devait s'être réfugié dans la pièce qui lui tenait lieu de bureau, à l'étage supérieur du duplex. North l'imaginait à présent debout, toutes lumières éteintes, face à la baie vitrée qui donnait sur les gratte-ciel. Disséminées çà et là, de petites lucioles technologiques — ici un témoin de veille, là un interrupteur, ailleurs l'écran d'une chaîne hi-fi — devaient darder dans la pénombre leurs feux rouges, verts et bleus. North ferma les yeux. C'était là-bas qu'il voulait être, pas dans son salon dont la moquette, sous l'éclairage trop cru des lampes, dispensait un jaune douteux.

D'une voix grave, Joseph tenta d'engager la conversation. North le remercia d'avoir fait intervenir Sintès.

— Je l'ai eu au téléphone, dit Joseph. Il m'a parlé de ton... de tes... Qu'est-ce que... ?

Pour une fois, North fut reconnaissant à son frère de sa pudibonderie : jamais le mot *pédophilie* ne franchirait ses lèvres.

— Je ne sais pas, répondit-il. Je ne comprends pas. Sans doute un virus.

— Bon, dit Joseph.

Il semblait soulagé : avait-il donc douté ? Avait-il cru Damien capable de ce dont on l'accusait ? N'avait-il pas confiance en lui ? North se sentait rougir, comme si on venait de le gifler. Joseph éleva soudain la voix :
— Oui ? Une minute.
Chloé sans doute, qui s'inquiétait de son absence : *Chéri, il faudrait que tu t'occupes des invités.* Joseph n'avait pas dû la mettre au courant de la situation. Il ne partageait pas grand-chose de plus avec cette femme enjouée que les trois cents mètres carrés de leur duplex. « Une minute », avait-il dit : c'était peu. Après tout, il aurait pu annuler son dîner. Sauter dans un train. Faire un geste. Mais sans doute espérait-il traiter cette affaire à distance. Étouffer le scandale, oui ; préserver l'honneur de la famille, oui ; pour le reste... Un souffle d'agacement s'échappa des narines de North.
— Quoi ? demanda Joseph.
— Rien... Toute cette histoire, c'est...
La pensée que sa ligne était peut-être sur écoute lui coupa soudain la voix.
— Je comprends. Courage. Ça devrait se régler vite si...
Joseph eut beau interrompre sa phrase à temps, cela n'empêcha pas North de deviner le chemin qu'elle prenait : *si tu es innocent.*
— On va tout faire pour te sortir de là, reprit Joseph d'une voix ferme.
— Merci, dit North.
Puis, machinalement, il ajouta :

— Embrasse Chloé de ma part. Et Muriel !
Il raccrocha avec le sentiment d'avoir en vain cherché la clef d'une porte trop longtemps verrouillée.

Le lendemain matin paraissait dans *L'Indépendant* l'entrefilet suivant :

> UN UNIVERSITAIRE IMPLIQUÉ DANS UNE AFFAIRE DE PÉDOPHILIE. Damien North, qui enseigne la philosophie à L***, a été interpellé hier à son domicile et placé sous contrôle judiciaire après la saisie sur son ordinateur d'un millier d'images à caractère pédopornographique. M. North, 45 ans, est l'auteur de plusieurs travaux scientifiques, dont une thèse intitulée « Le modèle optique dans la philosophie classique ». Il est par ailleurs le petit-fils d'Axel North. (*V.H.*)

North en prit connaissance en même temps que ses concitoyens, à l'heure du petit déjeuner. Il n'avait pas fermé l'œil de la nuit. Il était en train de se servir une tasse de thé quand le journal avait été déposé dans sa boîte aux lettres. Sa première réaction, en découvrant l'entrefilet, fut de honte et de soulagement mêlés. Après tout, cela ne s'étalait pas en une et c'était écrit en petits caractères : avec un peu de chance, personne ne s'en apercevrait. La sonnerie du téléphone le tira de ses pensées. Il attendait l'appel du confrère de Me Sintès.

— Monsieur North ?

Il confirma, un peu surpris : il ne s'attendait pas à ce que l'illustre avocat fût une femme.

— Virginie Hure, de *L'Indépendant*. Souhaiteriez-vous

vous exprimer au sujet de l'affaire de pédophilie dans laquelle vous êtes impliqué ?

North tombait des nues.

— Non...

Virginie Hure, prenant sa stupéfaction pour de l'hésitation, se permit d'insister. Alors, une fureur soudaine anima North contre cette scribouillarde qui l'appelait sans vergogne, un samedi matin, chez lui. La fatigue et la colère combinées ne lui laissaient que ses réflexes, et ses réflexes étaient ceux d'un professeur.

— Non. Et je me permets de vous rappeler, puisque vous vous piquez d'écrire, que pédophilie et pédopornographie ne sont pas des synonymes. Au revoir, madame.

Il raccrocha sans laisser à son interlocutrice le temps de répondre.

Puis il attendit, pendant une heure ou deux, qu'il se passe quelque chose. Le confrère de Me Sintès n'appelait pas. Peut-être ne travaillait-il pas le samedi ? Oui, ce devait être cela. Ces gens-là partaient skier les week-ends d'hiver. L'avocat l'appellerait le lundi matin, à la première heure. Il attendit le coup de sonnette d'un huissier ou d'un coursier dépêché par le palais de justice. Il attendit un signe — de la part d'un collègue, d'un voisin, de Joseph. Rien. Il vérifia sa boîte aux lettres : elle était vide. De temps à autre, il écartait le voilage qui protégeait son salon des regards extérieurs. Il s'attendait à voir des journalistes, des badauds, des rôdeurs, peut-être un policier en faction. Personne. Les voitures du boulevard Mauve roulaient au pas, comme tous les samedis matin, à cause du marché. De temps à autre, affaibli par le double vitrage, un coup de klaxon prolongé parvenait à ses oreilles. Il se mit à arpenter la pièce en ressassant quelques expressions consacrées par l'usage, *le calme avant la tempête, l'œil du cyclone,* mais ces images rebattues ne parvenaient pas à apaiser l'inquiétude qui le gagnait peu à peu. Il commençait à regretter la discrétion de l'entrefilet le concernant. Son soulagement initial se muait en dépit. Il aurait mieux valu, se disait-il, que le scandale éclate au grand jour, d'un coup, et qu'on n'en parle plus. À quoi bon tenter de se défendre lorsqu'on lui accordait si peu d'attention ? Peut-être, au lieu d'envoyer promener la journaliste, aurait-il dû profiter de l'occasion pour clamer son innocence.

Autant faire un tour dehors plutôt que de mariner ainsi dans l'attente et la frustration. Mais, tandis qu'agenouillé dans le hall d'entrée il laçait ses chaussures, il songea que, malgré sa discrétion, cet entrefilet était bel et bien paru. Il suffisait après tout d'un lecteur attentif — un seul — parmi ses collègues, ses étudiants ou ses voisins, pour que la nouvelle parcoure en quelques heures le cercle presque complet de ses connaissances. Et puis, le moment était mal choisi pour espérer déambuler inaperçu : les rues étaient toujours noires de monde le week-end. North croiserait forcément quelqu'un. Et alors que faire ? Comme si de rien n'était ? L'après-midi ne serait pas plus calme : il y aurait les cinémas, la patinoire, les sorties au centre commercial. Plus tard dans la soirée, bars, restaurants et boîtes de nuit attireraient leur lot de professeurs et d'étudiants. North regretta de ne pas conduire. Avec une voiture, au moins, il aurait pu gagner les solitudes. La forêt par exemple. Il ne devait pas y avoir grand monde en cette saison. Mais pourquoi se cacher dans les forêts comme un hors-la-loi? Après tout, il n'avait rien fait! N'était-il pas libre d'aller où bon lui semblait? Ce sursaut ne modifia pas pour autant sa décision. Il avait depuis longtemps renoncé à lacer ses chaussures.

Il aurait aimé taper son nom sur internet, mais son ordinateur était resté au commissariat en tant que pièce à conviction. Il pourrait toujours aller dans un cybercafé à la nuit tombée. Il en connaissait un, peu fréquenté, près de la station-service du boulevard Mauve. En attendant, il ouvrit un livre dont il éprouva vite l'insuffisance. Puis, allongé à plat ventre sur son lit, il feuilleta le supplément week-end de *L'Indépendant,* parcourant d'un œil distrait les rubriques *Où sortir?, À vos fourneaux, Évasion, Votre argent.* Seul *Votre horoscope* eut le privilège d'une lecture plus attentive :

SCORPION
Les relations avec vos parents, vos supérieurs ou encore des représentants de l'autorité risquent d'être assez tendues, en dépit de vos efforts (surtout si vous êtes du 1er décan). Quelles que soient les raisons de cette mésentente, ÉVITEZ LES PROVOCATIONS INUTILES ET ESSAYEZ DE TROUVER DES TERRAINS D'ENTENTE.

Même les astres conspiraient à sa perte. Il chercha le sommeil, ne le trouva pas, et décida d'aller se dégourdir les jambes dans le jardin. Il se souvint alors qu'il fallait tailler le mûrier-platane : une fois par an, lorsque l'arbre entrait en dormance, North infligeait une taille sévère aux jeunes rameaux de l'année pour aérer sa silhouette et fortifier son feuillage. Il descendit à la cave chercher l'échelle, désinfecta sa scie à l'alcool à brûler, enfila ses habits de jardinage et se mit au travail. L'espace de quelques heures, attentif à l'arbre seul, il oublia ses soucis. Sa besogne, à la fois douce et violente, répétitive et singulière (il s'agissait de couper chaque rameau à deux yeux des empattements), requérait de sa part une attention mêlée de relâchement, une fermeté soumise — soumise au sens informulé de l'arbre, à sa tension obstinée vers une forme — qui lui inspiraient un profond contentement. Ses travaux universitaires, par comparaison, ne lui avaient jamais offert que des plaisirs fugaces et toujours un peu forcés. Il s'arrêta lorsque le branchage, débarrassé de ses scories, eut recouvré sa forme primordiale, une sorte de W parfaitement visible depuis le salon. Puis il désinfecta et mastiqua les plaies de taille, si bien que le mûrier l'occupa jusqu'à la tombée de la nuit, et même un peu au-delà. Après quoi il alluma la télévision qu'il regarda jusque vers minuit, les bras courbaturés par l'usage de la scie, l'esprit baignant dans l'hébétude du travail accompli. Le cybercafé du boulevard Mauve pouvait attendre.

Le deuxième papier parut le lendemain, toujours dans *L'Indépendant*, en quatrième page de l'édition dominicale, assaisonné de la photographie qui figurait sur le site internet de la faculté, sous la rubrique « annuaire du personnel ».

Avec sa peau de vieux jeune homme, ses grosses lunettes à monture d'écaille, ses cheveux couleur de moquette dont une raie autoritaire exhibait plus qu'elle ne la contenait la moutonneuse indiscipline, North n'inspirait pas une confiance souveraine. La photo datait de ses trente ans. L'âge triste. La légende ne se voulait pas rassurante :

> *Ce professeur de philosophie aurait visionné des images mettant en scène des nourrissons.*

North ferma les yeux. Les rouvrit. Il n'avait pas le choix.

IMAGES PÉDOPHILES : Dr NORTH ET Mr DAMIEN ?

LE PROFESSEUR POURRAIT PASSER CINQ ANS DERRIÈRE LES BARREAUX

Damien North, 45 ans, a été interpellé à son domicile vendredi 1er février et placé sous contrôle judiciaire suite à la découverte, sur son ordinateur portable, de plus d'un millier d'images à caractère pédopornographique. M. North enseigne la philosophie à la faculté de L***.

« Il s'agit de photographies mettant en scène des adolescents, des enfants, parfois même des bébés âgés de quelques semaines à peine », précise une source proche de l'affaire ; « certaines des images saisies sont de niveau 5 sur l'échelle d'Abel ». Élaborée il y a quelques années par les chercheurs du prestigieux Institut Morgenthau, l'échelle d'Abel a pour objectif d'évaluer la gravité des images pédopornographiques. Le 5e échelon, le plus élevé, s'applique aux images représentant des sévices sexuels extrêmes tels que le sadisme ou la zoophilie. Toujours selon notre source, qui préfère conserver l'anonymat, la police aurait aussi trouvé chez M. North une photographie de sa jeune nièce dénudée.

Qui avait osé ? Estange lui-même ? Delenda ? Son compère ? Un autre ?

    Interrogé dans les locaux du commissariat central, M. North aurait nié les faits. La détention de telles images est passible d'une peine de cinq ans de prison ferme. La chute serait rude pour cet homme au parcours sans faute. Après de brillantes études au Prytanée, le petit-fils d'Axel North, détenteur d'un doctorat consacré au « modèle optique dans la philosophie classique », a été élu, à 35 ans seulement, professeur des universités.

Il apprécia à sa juste valeur ce *seulement* qui voilait à peine une insinuation de favoritisme.

    Il y enseigne la philosophie aux étudiants de première année.

C'était faux. Certains des étudiants de North étaient plus avancés dans leur cursus. Mais il était plus sulfureux de laisser entendre qu'il n'avait sous sa responsabilité que les plus jeunes.

    Contacté par *L'Indépendant*, M. North contre-attaque : « La pédopornographie, ce n'est pas de la pédophilie. » Un argument qui suscite la colère des associations de protection de l'enfance. « Ces propos sont d'une hypocrisie sans nom, s'indigne Victor Lim, président de *Sauvons l'enfance*. Entre le comportement pédophile et la consommation d'images, la frontière est ténue. J'ai du mal à croire que quiconque, et surtout un homme réputé intelligent, puisse penser que les images pédopornographiques sont des images de synthèse, ou, pire encore, que ces enfants consentent à ce qu'on leur inflige. Je rappelle que selon l'Unicef, chaque année dans le monde, près de 2 millions d'enfants sont sexuellement exploités à des fins lucratives. D'une certaine manière, la consommation d'images est déjà un passage à l'acte. Ce soi-disant philosophe n'a-t-il donc aucune conscience des réalités ? Je ne préjuge pas de la culpabilité de M. North, mais j'espère simplement que ne s'exercera pas en sa faveur la justice à deux vitesses qui, trop souvent hélas, fait la honte de notre système. »

North, qui avait déjà oublié la pique lancée à Virginie Hure dans un mouvement d'humeur, découvrait avec épouvante l'effet que produisaient ses paroles placées dans un tout autre contexte. Il s'en voulut de n'avoir pas su tenir sa langue. De n'avoir pas anticipé l'usage qui pourrait être fait de ses mots. Mais l'aurait-il pu ? Son imprudence était le signe le plus manifeste de son innocence. Il s'était exprimé en homme que cette affaire ne concernait pas, et non en suspect. Il allait devoir apprendre à se glisser dans la peau d'un suspect. Et vite. Avant que des êtres moins raisonnables que Victor Lim ne viennent l'égorger, ou que sa réputation ne s'en trouve à tout jamais dégradée. Plus que la déformation de ses propos par une journaliste en quête de sensationnalisme, plus que sa propre maladresse, c'était cette révélation qui le minait : s'il voulait conserver le moindre espoir de se blanchir, il devrait laisser la noirceur entrer en lui. Accepter comme une part de lui-même cette ombre qu'il ne pouvait plus ignorer, tant elle assombrissait le regard que les autres portaient désormais sur lui.

Coupé des réalités, Damien North ? Sous les dehors du fils de famille, du brillant chercheur, du professeur apprécié de ses étudiants se dissimule une personnalité plus complexe qu'il n'y paraît. Un être solitaire, introverti, secret. « Au début, quand il s'est installé dans le quartier, nous pensions qu'il travaillait pour les services secrets, tellement il nous paraissait, comment dire, verrouillé », confie un couple de voisins.

Dans une société aussi ouverte et tolérante, le retrait, l'indépendance, toute tentative de préservation d'une forme de quant-à-soi étaient frappés de suspicion. Déjà, vers l'âge de huit ans, North en avait fait l'expérience. C'était à l'occasion d'une excursion scolaire, aux derniers jours de juin, sous un soleil de plomb. Un goûter avait été organisé dans une clairière. L'un après l'autre, tous les condisciples de North avaient retiré leur tee-shirt, exhibant en toute innocence leur ventre ballonné, leur nombril tirebouchonnant à l'air libre, leur peau pâle parcourue de veines bleuâtres (il n'y avait que des peaux pâles dans cette école). Lui avait refusé. Sa chair lui faisait honte. Loin de le laisser en paix, on lui en avait tenu rigueur. Il était — le reproche était resté gravé dans sa mémoire — *trop coincé.*

On murmure aussi que Damien North ne serait « plus vraiment le même homme » depuis la disparition de sa compagne.

North secoua la tête, écœuré. Il acheva sa lecture comme on avale un fond de tasse : vite et distraitement. Il était question de la hausse alarmante des affaires de pédopornographie, après quoi, à la suite d'un alinéa, la conclusion tombait comme un couperet :

> À notre connaissance, aucune sanction n'a encore été prise à l'encontre de M. North. Le porte-parole et les autorités de la faculté restent injoignables.

Ce qui revenait à suggérer que de vieux réflexes de caste épargneraient toute sanction à North. Ces gens-là, n'est-ce pas, se protégeaient entre eux. Tout plutôt que de livrer un des leurs à la foule. Les élites, on le savait, se croyaient au-dessus des lois. Un léger sourire au coin des lèvres, North s'étonna de n'avoir pas rencontré le mot « mandarin ». Dans le prochain article, peut-être ? Mais son sourire, qui durait plus longtemps que son amusement, ne tarda pas à prendre un pli amer. Il avait beau s'efforcer de réagir à cet article comme il avait appris à le faire devant toute espèce de texte — par l'analyse, la mise à distance, l'exercice de son esprit critique —, cela ne suffisait pas à le protéger. Plus forts étaient l'effarement, la rage, et le désir très précis d'aller trouver Virginie Hure, de lui agrafer les paupières, de la saisir par les cheveux, de lui fracasser le nez contre son bureau en verre trempé puis de la précipiter, dans un grand bris de vitres, du haut du trente-sixième étage où s'exerçait son objectivité cosmique.

À sa colère succédèrent un désarroi entrecoupé de soubresauts furieux, puis une espèce de prostration ; North s'y abandonna si totalement que la sonnerie du téléphone, loin de le heurter, se superposa quelques instants à sa rêverie.

— Damien. Tu vas bien ?

La voix était tendue, fébrile presque. Joseph n'avait jamais su dominer ses émotions.

— Et toi ?

— À ton avis ?

C'était moins une question qu'une espèce de crachat. North ne comprenait pas où son frère voulait en venir. Il ne répondit rien.

— C'est tout ce que tu trouves à me dire ?

Cette voix qui s'en allait métalliser dans les aigus, Damien ne la connaissait que trop. Aucun son ne lui était plus désagréable.

— Qu'est-ce que tu voudrais que je te dise ?

Au bout du fil, le soupir d'une exaspération contenue.

— Tu trouves ça normal, toi, que j'apprenne par le journal — *par le journal...*

— Que tu apprennes quoi ? Mon sujet de thèse ?

La remarque lui avait échappé. Provoquer Joseph était devenu, au fil des ans, une habitude dont il ne parvenait pas à se sevrer.

— La photo, Damien. C'est pour ça que je t'appelle. Et je crois que tu le sais très bien. La photo de ma fille, nue, qu'on a trouvée chez toi. Tu comptais m'en parler, un jour ?

North se remémora les termes de l'article : « ... une photographie de sa jeune nièce dénudée ». Un premier mouvement le poussait à expliquer à Joseph qu'il s'agissait d'une photo prise par sa propre épouse à l'occasion d'une excursion à la piscine ; que le résultat avait été jugé si charmant qu'on avait, dans un moment de désœuvrement sans doute, envoyé un double à l'oncle Damien ; qu'en effet Muriel apparaissait quelque peu dénudée, mais que c'était assez fréquent lorsqu'on portait un maillot de bain ; qu'enfin s'il voulait se faire une opinion Joseph n'avait qu'à lever les yeux vers le rayonnage de bibliothèque ou le dessus de cheminée sur lequel devait trôner l'original de ce scandaleux cliché. Mais un mouvement simultané et plus puissant, où il entrait de l'orgueil, de la déception et un lancinant désir de contradiction, l'inclinait à se dispenser de toute justification. Pourquoi s'abaisser à répondre à des insinuations d'autant plus blessantes qu'elles émanaient de son propre frère ? Qu'un commissaire de police nourrisse de tels soupçons, passe encore ; après tout, c'était son travail. Mais Joseph ! De quel droit ? Cela dit, ce n'était pas surprenant ; Joseph avait toujours été ainsi. Autoritaire et défiant.

— Damien.

Cela devenait agaçant à force, cette manière de répéter son prénom. À croire que Joseph cherchait à s'assurer qu'il parlait bien à son frère, comme on palpe un fruit qu'on soupçonne d'être pourri.

— Damien, j'ai besoin de savoir qu'il ne s'est rien passé avec Muriel cet été. Quand elle est venue te voir.

North avait accepté d'accueillir sa nièce pendant trois jours, à la demande de Joseph et Chloé qui avaient décidé

de s'offrir ce plaisir des couples qui ne s'aiment plus : un week-end *en amoureux*. Il se souvenait encore de la plaidoirie de Chloé : impossible de faire venir la baby-sitter... délais trop serrés... grand service... elle t'aime beaucoup, tu sais... Il avait fini par consentir, non sans se faire prier, à sacrifier un peu de son temps si précieux. Ils étaient allés au cinéma ; au zoo ; au lac faire du pédalo ; dans un restaurant où l'on servait chaque jour un burger différent. North n'avait éprouvé, sur le moment, qu'exténuation et inquiétude. Mais lorsque Joseph, avec ses mots lestés de plomb, se mit à piétiner le souvenir de ces instants, il comprit, au chagrin qui le perça, que ces jours avaient été pour lui des jours heureux — une poche de fraîcheur dans la tiédeur de son existence. Et il aurait été difficile de déterminer ce qui, de la souillure infligée à ce souvenir ou de la subite révélation d'un bonheur méconnu, lui causait le plus de peine. Joseph l'entendit sans doute déglutir.
— Je l'ai interrogée. Elle dit que tout s'est bien passé, mais... elle m'a quand même paru gênée.
— Encore heureux qu'elle t'ait paru gênée ! C'est *pudique*, un enfant, qu'est-ce que tu crois !
— Tu refuses de répondre à ma question ?
— Oui, je *refuse* ! Et tu sais quoi ? Tu sais quoi ?
Mais lui-même en cet instant ne savait rien d'autre que la pulsion qui le submergeait, si soudaine, si puissante, si violente que seul un geste pouvait la soulager. Il raccrocha le téléphone avec fracas.
Il passa l'après-midi au lit. Deux nuits sans sommeil l'avaient épuisé. Incapable de s'endormir cependant,

tant sa conversation avec Joseph l'avait agité, il suivit des yeux les nuages qui défilaient, l'un après l'autre, dans l'encadrement de la fenêtre. Pas une fois, tandis qu'il contemplait cette interminable procession, il ne songea que le temps se gâtait, que peut-être la nuit serait pluvieuse. Ces réflexions-là étaient bonnes pour les autres. Depuis l'incident, sa sensibilité s'était rétractée. Il était entré dans un monde obscur et minéral.

Il décida, le lendemain, de s'aventurer au-dehors. Son enfermement commençait à lui peser, et il avait des courses à faire. Sur le chemin du supermarché, il avisa le cybercafé du boulevard Mauve. Il poussa la porte de la petite salle surchauffée, s'assura qu'aucun de ses étudiants ne figurait parmi les cinq ou six jeunes occupés à s'entretuer par avatars interposés, paya une connexion d'une demi-heure, s'installa à l'abri des regards indiscrets et soumit son nom à l'alchimie des algorithmes. Le premier résultat fut un nouvel entrefilet de *L'Indépendant*, qu'il n'avait pas encore reçu dans sa boîte aux lettres :

DAMIEN NORTH MIS À PIED

La faculté de L*** a annoncé ce matin, dans un communiqué, la mise à pied immédiate du Dr North. « C'est une mesure purement conservatoire, que nous avons prise dans l'attente du jugement pénal ; en aucun cas il ne s'agit d'une sanction », précise la chancellerie. Rappelons que Damien North, soupçonné d'avoir téléchargé près d'un millier d'images pédopornographiques, a été placé sous contrôle judiciaire vendredi dernier. (*V.H.*)

Mᵉ Sintès l'avait prévenu : la loi lui défendait d'entrer en contact avec des mineurs jusqu'au jugement de son procès. La faculté ne faisait que s'y conformer en le suspendant de ses fonctions. Il n'en éprouva pas moins une humiliation mêlée d'amertume : on aurait tout de même pu le prévenir, plutôt que d'en laisser le soin à *L'Indépendant*.

Un lien menait à l'article de la veille, « Dr North et Mr Damien ? ». Machinalement il cliqua. Son propre visage apparut à l'écran, en marge du texte, d'une tristesse plus impitoyable encore que sur papier. Puis les commentaires des lecteurs, au bas de l'article, lui sautèrent à la figure.

> Quand je pense qu'on laisse des types comme ça faire cours à nos enfants ça me rend malade.
> (nathalie)

> S'il s'appelait Hussein il moisirait déjà en tôle.
> (muu'tazil001)

> Sûr que les puissant s'en tire tjs à bon conte mais on saura le trouver ce Monsieur on sait où il habite
> (sheitan666)

> « Toute personne suspectée ou poursuivie est présumée innocente tant que sa culpabilité n'a pas été établie. Les atteintes à sa présomption d'innocence sont prévenues, réparées et réprimées dans les conditions prévues par la loi » (article préliminaire du Code de procédure pénale). À bon entendeur...
> (Lionel)

Ah bon parce que toi aussi Lionel tu fantasmes sur des bébés ??? ☺ Moi ce que j'aimerais savoir c'est si ce pervers continue-t-il à toucher son salaire aux frais du contribuable ?
(Pegasus)

Faut-il rire ou pleurer de ces bonnes âmes qui qualifient cet homme de « pervers », alors qu'elles-mêmes consultent sans doute en toute bonne conscience images et vidéos pornographiques, derrière lesquelles prospèrent des réseaux à peine moins ignobles ? Pourquoi nous acharner contre cet homme, nous qui sommes chaque jour les témoins indifférents de sévices infligés aux enfants de par le monde (travail forcé ; fillettes mariées sous la contrainte ; enfants-soldats) ? Pourquoi condamner cet exutoire à la pulsion qu'est le fantasme ? Qui sait, s'il n'avait pas pu assouvir ses fantasmes sur internet (à supposer qu'il l'ait fait), cet homme aurait peut-être violé des enfants ?
(Christian)

Que le cœur de l'homme est creux et plein d'ordure.
(Blaise)

Il est libre de télécharger ce qu'il veut, a-t-il agressé ou violé quelqu'un ? Non, alors il s'agit d'un règlement de compte qui sert à éliminer lâchement ce type pour une raison qu'on ne connaît pas. Moi je télécharge des films pornos et J'EMMERDE LES FLICS QUI VONT AUX PUTES !!!
(AchtungBaby)

Les gens normaux ont des fantasmes normaux, un point c'est tout. Les pervers comme M. North devraient être envoyés dans de sympathiques colonies de vacances, du côté du cercle polaire, où ils pourraient assouvir leurs fantasmes avec des pingouins par − 51°.
(Bonobo)

Cette rhapsodie bizarre, qui se poursuivait sur deux pleines pages, ne fit qu'aggraver son désarroi. Certains des commentaires ressemblaient à des menaces. Paroles en l'air ? Sans doute. Mais North ne se sentait plus en sécurité. Il sortit du café et rebroussa chemin. Tant pis pour les courses ; il se ferait livrer. Mieux valait rester chez soi plutôt que de croiser *sheitan666* à l'hypermarché, parmi les tournevis, les scies sauteuses et les couteaux de cuisine.

À peine avait-il fini de se verser un verre de cognac qu'on sonna à la porte. Il approcha son œil du judas. Le visage qui s'y présenta ne lui était pas familier. Jeune, long, austère, métis. Immobile, North hésitait à ouvrir. La peur qui s'était emparée de lui dans le cybercafé ne s'était pas encore dissipée. L'inconnu appuya de nouveau sur le bouton de la sonnette et, d'une voix forte, demanda Monsieur North. Puis il fit deux pas en arrière et son regard balaya la façade de gauche à droite. North remarqua qu'il tenait à la main une enveloppe.

— Monsieur North ? Coursier !

Il se décida enfin à ouvrir.

— Excusez-moi, fit-il en affectant un essoufflement de bon aloi.

Le coursier lui tendit l'enveloppe en précisant :

— Palais de justice.

Sa convocation.

— Une petite signature.

Il signa, puis déchira l'enveloppe. Un feuillet bleu pâle le sommait de comparaître le vendredi 8 février, à neuf heures trente, devant la 7ᵉ chambre du tribunal de grande instance de L***. Il était en outre convoqué pour deux entretiens préliminaires avec le docteur Lafaye, expert-psychiatre agréé par le tribunal, le mardi 5 et le mercredi 6. D'autres feuilles, jointes à la première par un trombone, détaillaient les démarches à suivre pour justifier d'une absence auprès d'un éventuel employeur. Quand North releva la tête pour remercier le coursier, celui-ci avait déjà disparu. Les voitures filaient comme à l'ordinaire sur les trois voies du boulevard Mauve.

Son procès s'ouvrait dans quatre jours et le confrère de Sintès ne s'était toujours pas manifesté. Il décida d'appeler pour savoir où en étaient les choses. L'avocat, lui dit-on, n'était pas disponible. Qu'il me rappelle lorsqu'il se libère, demanda North. Le soir tomba sans que Sintès donne signe de vie. North comprit alors qu'on l'avait abandonné. Sa dernière conversation avec Joseph avait dû sceller sa disgrâce. Aucun confrère de Sintès ne viendrait à sa rescousse. Son procès s'ouvrait dans quatre jours et il n'avait pas d'avocat. Lui-même, endetté jusqu'au cou par l'achat de sa maison, n'avait pas les moyens de s'en offrir un bon. Maintenant que l'échéance de son procès, jusqu'alors reléguée dans un avenir lointain, se précisait, il se sentait soudain écrasé par la panique à la pensée de s'y présenter sans avocat — ou alors avec un commis d'office, ce qui, à en croire le préjugé répandu dans les milieux qu'il fréquentait, revenait à peu près au même. Son après-midi s'épuisa en allées et venues entre son lit et la cuvette des toilettes où le précipitait une diarrhée persistante. Il était incapable de penser à quoi que ce soit ; sitôt qu'il s'efforçait de mettre son esprit en branle, les commentaires des internautes envahissaient sa mémoire, et il épuisait le peu d'énergie qui lui restait à élaborer des réponses implacables, spirituelles, ciselées, des réponses qu'il n'écrirait jamais.

Cette nuit-là, le nom de Mortemousse avait surgi d'entre les plis de l'insomnie. Lui connaissait sûrement, par le truchement de son Syndicat, un avocat pugnace et expérimenté.

— Passez cette après-midi, vers trois, quatre heures, avait répondu Mortemousse lorsque North lui avait téléphoné en précisant d'une voix mal assurée que c'était urgent.

Il habitait du *bon côté* du boulevard Mauve, au premier étage d'une demeure ancienne. North s'y rendit à l'issue de son premier entretien avec l'expert-psychiatre. Il n'avait jamais été reçu chez Mortemousse. Aussi ne découvrit-il pas sans un certain étonnement le salon aux murs lambrissés de bois sombre, où, pour toute décoration, un saint Sébastien grandeur nature voisinait avec quelques instruments étranges.

— Ils datent tous du treizième siècle, indiqua son hôte en devinant sa curiosité. Celui-ci, dit-il en caressant un petit collier biscornu, était réservé aux mécréants et aux hérétiques. On nouait la lanière autour du cou, de façon que cette espèce de fourchette à double extrémité, perpendiculaire au collier, soit encastrée entre la base du menton et la jonction des clavicules. Ainsi l'hérétique était obligé de garder la tête levée vers le Dieu qu'il avait bafoué, faute de quoi, vous comprenez, les pointes de la fourchette lui perçaient la peau, soit en haut, soit en bas, soit les deux à la fois... Mais ce n'est pas ma petite collection qui vous amène, je suppose ?

North émit un rire cave. Alors, s'asseyant à l'invitation du maître de maison sur un canapé trop profond, il entra dans le vif du sujet, avec cette nuance de désinvolture propre aux timidités désentravées :

— Vous êtes peut-être au courant, Marc, j'ai quelques soucis en ce moment...

D'un hochement de tête, Mortemousse lui fit savoir qu'il était au courant, et North lui fut reconnaissant de n'avoir pas feint l'ignorance. À présent, de la main droite, Mortemousse se massait l'occiput. Son crâne rasé luisait à la lueur des lampes. Juste au-dessus de sa tête, les pieds ligotés de saint Sébastien se tordaient indolemment de douleur.

— Et je suis venu vous demander une faveur...

— Quelle faveur ? demanda Mortemousse, dont le sourcil soudain levé trahissait une curiosité mêlée d'appréhension.

North avait préparé tout un argumentaire. Mais ce sourcil suffit à lui faire sentir qu'il ne maîtrisait rien, absolument rien. Il n'était pas en train de passer un examen. Sa situation n'était pas de celles qu'on fortifie par des arguments. Mortemousse était seul maître de sa décision. Tenter d'infléchir celle-ci par quelques paroles oiseuses serait inutile et maladroit. Mieux valait accorder son propos à l'humilité de sa position. Après quelques regards en direction du saint, il formula sa demande.

Les lèvres de Mortemousse adoptèrent la forme qui leur était devenue, au fil des ans, consubstantielle : celle du cul-de-poule.

— Si je comprends bien, lâcha enfin Mortemousse, les jambes écartées, les poings posés sur les genoux, vous vous êtes dit : allons demander au SEGLE, ça doit leur arriver tout le temps, des affaires comme ça... Il en connaît sûrement un paquet, le père Mortemousse, des avocats spécialisés dans ce genre d'histoires... Homosexualité, pédophilie, au fond, ça se touche de près... C'est ça que vous vous êtes dit, n'est-ce pas? Vous avez supposé que tout pédé portait en lui le fantôme d'un pédophile... Hein?

Ces paroles étaient débitées d'une voix mielleuse où perçait, par instants, le frémissement de la colère. North était devenu écarlate. Il bredouilla quelques mots que Mortemousse suspendit d'un geste de la main :

— Comprenez-moi bien, Damien. Je suis persuadé de votre innocence, évidemment. Mais en raison même de la persistance de certains préjugés comme celui que je viens de relever, le Syndicat ne peut pas se permettre de s'engager dans une affaire aussi sensible. La reconnaissance — toute relative — dont nous jouissons à présent est le résultat d'une longue lutte. Nous ne pouvons pas prendre le risque d'un amalgame... Rendez-vous compte... Nos adversaires auraient beau jeu...

— Vos adversaires! Mais vous croyez que vous en avez encore, des adversaires?

À présent que sa démarche avait échoué, North éprouvait le besoin tardif de panser son orgueil, de se prouver à lui-même qu'il n'avait pas abdiqué toute dignité. Et cette misérable ruade serait ce qui l'accablerait le plus lorsque, plus tard, il se remémorerait l'épisode.

Après l'avoir considéré de ses yeux froids et bleus, Mortemousse se mit à tapoter du pied l'un des montants de la table basse installée devant lui. L'entretien était terminé.

4

Ce n'était certes pas la foule des grands jours qui se pressait aux portes du palais de justice de L*** en cette matinée du 8 février, mais l'affluence suffisait à donner aux personnes présentes la rassurante impression d'assister à un *événement*; jusqu'au bout, elles s'étaient demandé si l'affaire North baignerait ou non dans cette aura subtile qui soustrait l'événement au néant des jours. Quelques reporters des quotidiens nationaux avaient fait le déplacement, et même une équipe de télévision. Une trentaine d'individus, issus d'associations diverses, brandissaient pancartes et banderoles.

Le prévenu était arrivé à pied, en voisin. Il aurait pu passer inaperçu tant il ressemblait peu au portrait qui circulait dans la presse. Mais les agents en faction devant le Palais avaient formé, à son approche, un cordon de sécurité. Alors il y avait eu des flashes, des cris. North avait rabattu la capuche de sa parka pour protéger son visage de la curiosité des photographes. Puis, tête basse, il avait franchi aussi vite qu'il le pouvait les quelques mètres qui le séparaient du calme.

À l'intérieur du Palais, un agent l'accompagna jusque dans un vestibule crûment éclairé. Deux chaises. Une table basse. Deux portes : le vestibule était attenant au prétoire. Ils attendirent un gros quart d'heure. L'agent évitait de regarder North dans les yeux. À intervalles réguliers, North s'assurait que sa cravate — il avait fait cet effort — était bien nouée. Enfin la seconde porte s'entrouvrit.

— On va y aller, monsieur, dit l'agent.

Et, prenant North par le bras, il le fit entrer dans la 7ᵉ chambre du tribunal de grande instance.

Ce qu'il en perçut tout d'abord, ce fut l'absence de fenêtres, l'éclairage au néon, les tons beiges et gris. Lui était debout, séparé du reste de la salle par une rampe sombre. Tous les regards, il le savait, il le sentait, étaient tournés vers lui. Ses yeux n'avaient nulle part où se poser. Un timide bonjour se perdit sur ses lèvres. Il ébaucha un sourire, mais ses traits demeuraient graves. Il n'avait pas réfléchi à l'attitude qu'il souhaitait adopter et cette indécision se reflétait jusque dans son maintien. Une part de lui-même, la plus véhémente, la plus crâne, désirait faire savoir à l'assemblée qu'il n'avait rien à faire en ce lieu. D'un autre côté, il craignait qu'une trop grande assurance ne passe pour de l'arrogance. Enfin, son regard croisa celui de Mᵉ Biasini, qui pour le voir devait se retourner presque entièrement. Il échangea un bref salut avec son avocat.

Un petit homme brun, aux cheveux courts et au regard vif, lui demanda de décliner son identité. Le juge ?

Lorsqu'il prit la parole pour répondre, il sentit que ses jambes n'étaient pas fermes.

— Vous pouvez vous rasseoir.

Il s'assit sur une chaise à armature métallique, dont l'assise bordeaux, chichement rembourrée, était rêche et pelucheuse. Puis il s'aperçut que la chaise voisine — il y en avait une dizaine dans le box des accusés — avait, à la différence de la sienne, des accoudoirs. Il se leva pour changer de place. Le juge interrompit sa lecture. Il y eut quelques sourires dans la salle.

Tout en écoutant l'énumération des chefs d'inculpation, North prit peu à peu la mesure des lieux et des protagonistes. De part et d'autre du juge, un homme et une femme : les assesseurs, sans doute. De l'autre côté de la salle, massé face à lui : le public. Il chercha des yeux quelques visages connus, n'en trouva pas. Aucune femme ne ressemblait à l'idée qu'il se faisait de Virginie Hure. Elle devait être là, pourtant. Était-ce cette petite quinquagénaire aux cheveux frisés qui tapait sans discontinuer sur un clavier d'ordinateur ? Il baissa les yeux, tourna son attention vers la moquette grise, les murs beiges parsemés çà et là de panneaux kaki, les tables en plaqué chêne qui paraissaient vissées au sol. Puis son regard s'attarda sur la nuque de Me Biasini, serrée sous la robe dans un col de chemise qui plissait sa chair grasse.

— ... dont douze au moins de niveau 5 sur l'échelle d'Abel, c'est-à-dire, je cite les concepteurs de cette échelle, « correspondant à des sévices sexuels extrêmement dégradants ».

Le juge marqua une pause, puis, levant la tête :
— Monsieur North, vous déclarez-vous coupable ou non des faits qui vous sont reprochés ?

North sentit sur sa face la piqûre de dizaines d'yeux. De nouveau Biasini tourna vers lui son corps massif. North évita son regard, qu'il devinait insistant. Cette décision n'appartenait qu'à lui. Il était libre de son choix. L'avant-veille encore, il n'aurait pas hésité une seule seconde. Mais c'était avant que Me Biasini ne s'invite dans sa vie.

Il avait reçu son coup de fil alors qu'il était au plus bas, le lendemain de son échec auprès de Mortemousse. Il revenait de son second entretien avec l'expert-psychiatre. Biasini avait téléphoné chez lui. La suave autorité de ses façons décelait le bâtonnier plein d'expérience.

— Midi trente au *Nouveau Riche*, ça vous va ? avait-il dit.

C'était la brasserie où les hommes comme lui avaient leurs habitudes. North s'y était rendu le cœur gonflé d'espérance : un avocat, enfin ! Et non des moindres. Biasini, qui avait bâti sa réputation en plaçant son talent au service de quelques scélérats notoires, était une célébrité dans son domaine. Pourquoi s'intéressait-il à cette affaire ? Flairait-il l'odeur du scandale ? Était-il attiré par le prestige qui s'attachait au nom de son client ?

North fut accueilli au *Nouveau Riche* par un homme à la voix rocailleuse, aux yeux dissymétriques, d'une corpulence largement supérieure à la moyenne (qu'il ne serait pourtant venu à l'idée de personne de qualifier d'*obèse*, peut-être parce qu'il émanait de ce corps énorme une sensualité et une vivacité évidentes — qualités que l'instinct du plus grand nombre, en son implacable charité, refuse à l'obésité). Sitôt qu'ils furent installés, Biasini, sans consulter la carte, commanda un steak tartare. North, pris de court, balbutia qu'il prendrait la même chose.

— Alors, dites-moi tout, avait grogné Biasini.

Il avait les cheveux très noirs à l'exception des tempes, blanches comme neige, qui ceignaient son front d'une auréole d'érotisme et de sagesse.

North avait conté par le menu sa mésaventure. Biasini roulait une boulette de mie de pain entre ses doigts courts et précis.

— Si je comprends bien, avait-il conclu, vous envisagez de plaider non coupable?

North l'avait regardé sans comprendre.

— Oh, rassurez-vous, je ne doute pas de votre sincérité : en tant qu'avocat, de toute façon, je dois vous croire. Non, ce n'est pas moi le problème, c'est le juge. Parce que le juge, si vous plaidez non coupable demain matin, ça risque de l'agacer... Laissez-moi finir, avait-il continué en apaisant d'un geste l'agitation de North. Je sais que ce que je vous dis là n'est pas facile à entendre. Mais comprenez bien que dans la situation qui est la vôtre, à moins d'un improbable vice de forme (je vérifierai ça dès que j'aurai accès à votre dossier)... On a trouvé ces fichiers sur votre disque dur, ils sont là, votre ordinateur n'a pas de virus, la cour a effectué une contre-expertise... Ce n'est pas comme un être humain, un disque dur, ça ne ment jamais... Vous voyez ce que je veux dire ? Plaider non coupable, dans ces circonstances, pourrait être interprété comme une impertinence... Et les juges, s'il y a une chose qu'ils n'aiment pas, c'est avoir l'impression qu'on se paie leur tête... C'est un peu comme un professeur, un juge, c'est susceptible... À force de voir passer des petits merdeux qui vous disent « C'est pas moi, m'sieu, c'est pas moi »... Encore une fois, je ne parle pas pour vous... Mais croyez-moi, si vous plaidez non coupable, il y a de fortes chances pour que le juge charge la barque... En l'occurrence, cinq ans ferme. On fera appel, bien sûr. Mais rien ne vous garantit que d'ici le procès en appel on ait trouvé de quoi vous tirer d'affaire. Et une fois que vous avez été condamné en appel, pour faire rouvrir l'enquête, après, bonjour ! Tandis que si vous plaidez coupable...

On avait servi leur steak tartare. Biasini s'était interrompu pour en prendre une bouchée. Sur son visage transfiguré par la délectation passaient, ainsi qu'une brise à la surface d'un lac, toutes les nuances d'un plaisir complexe où se mêlaient la crapuleuse amertume de la câpre, la raideur rafraîchissante de l'oignon, le velouté de l'œuf et la fadeur métallique de la viande crue.

— ... si je plaide coupable ?
— Eh bien, imaginez qu'on vous demande de plonger un bâton dans l'eau. Vous aurez beau le choisir bien droit, votre bâton, bien rectiligne, lorsque vous le plongerez dans l'eau, il aura l'air tordu, vous savez... Ça, c'est le plaider

non coupable. À l'inverse, si vous anticipez ce phénomène de... réfraction, si vous prenez les devants en choisissant un bâton déjà tordu, une fois plongé dans l'eau, il sera droit comme un I, votre bâton. Vous me suivez? Vous ferez meilleure impression en plaidant coupable. La peine sera moins lourde. Deux ans maxi, peut-être un an, peut-être moins. Ça dépend. Avec beaucoup de chance, vous pourriez même vous en sortir avec du sursis, mais étant donné le contexte politique... je reste réservé...

Un brusque affaissement de la lippe avait souligné ces réserves. Puis, humectant de quelques gouttes de Tabasco sa viande crue, Biasini avait repris :

— Ce qui ne m'empêchera pas de mener les recherches pour vous faire innocenter...

North était effondré. Cet homme le décevait plus cruellement que tous les autres, car il avait placé en lui des espoirs démesurés. Il croyait rencontrer un sauveur, un messie, et que lui demandait-on? De baisser les bras.

— Si je comprends bien, avait-il enfin murmuré en s'efforçant de dominer le tremblement de son menton, vous me conseillez de plaider coupable?

— Écoutez-moi bien (l'avocat brandissait un index menaçant). L'essentiel, c'est que vous et moi, nous ayons une relation de confiance. Moi je vous fais confiance. Je vous l'ai dit. Je vous le redis. Je vous crois innocent. Je ferai tout ce qui est en mon pouvoir pour prouver que vous l'êtes. On en fera cent cinquante, des contre-expertises informatiques, s'il le faut. Mais vous aussi, vous devez me faire confiance. C'est fon-da-men-tal. Acceptez l'idée

— je dis l'idée, alors qu'en vérité c'est un fait —, acceptez le fait que vous ne pouvez pas vous défendre tout seul, et que je le fais au mieux de vos intérêts. Sinon, moi, je m'en vais, et vous serez défendu après-demain par une petite commise d'office que vous aurez rencontrée cinq minutes avant l'audience. Peut-être qu'elle vous dira ce que vous voulez entendre. Que si vous êtes innocent, alors vous devez plaider non coupable. Que la vérité éclatera au grand jour! Que votre sincérité convaincra la cour! Seulement, croyez-moi, si vous faites ça, le prochain steak tartare, ce sera dans cinq ans, et après cinq ans de prison, vous n'aurez plus assez de dents pour le manger. Dieu sait pourtant qu'il n'en faut pas beaucoup, des dents, pour manger ça. À vous de voir ce que vous préférez.

North avait baissé la tête. Il sentait naître une sensation qui commençait à lui devenir familière : une irrespirable légèreté, comme si la part la plus vivante de lui-même, exilée par la peur ou le chagrin, se retirait peu à peu de son corps devenu pulpe inerte, coquille vide, souffle sans souffle. À mesure qu'il sentait l'affaissement le gagner, il avait serré ses couverts entre ses doigts, entrouvert les lèvres, accroché comme à une bouée son regard au nœud de cravate de Biasini. Ornaient-ils la cravate, ces minuscules losanges jaunes et noirs qui dansaient devant lui, ou tapissaient-ils le fond de sa rétine?

— Bien sûr, la décision vous appartient, continuait la voix de l'avocat. Mais il va falloir que vous me disiez assez vite ce que vous comptez faire...

Puis il avait ajouté, en entrecoupant chaque phrase

d'une courte pression de sa serviette sur ses lèvres luisantes :

— Quoi qu'il arrive, il faut vous faire à l'idée que vous ne ressortirez pas *blanchi* du tribunal. C'est une illusion de croire ça. On ne ressort pas blanchi d'un procès comme celui-ci. Soit on en ressort sali, soit on n'en ressort pas du tout.

Ces paroles avaient ramené North à lui. Jusqu'alors, en un recoin de son esprit, il avait toujours associé l'échéance de son procès à l'avènement de la vérité. C'était même, cette calme certitude, ce qui lui avait permis de tenir bon. Et voilà qu'on la lui retirait! La colère le braquait soudain contre cet homme qui arrachait une à une ses espérances les mieux enracinées.

— Quelque chose ne va pas? Le tartare n'est pas à votre goût?

Biasini avait effleuré du regard l'assiette à peine entamée de son client.

— Non, c'est juste que...

Et il avait secoué la tête. Un immense découragement succédait à sa rage. Cela faisait cinq nuits qu'il dormait à peine. Il avait perdu deux kilos depuis le 1er février (faute d'un terme adéquat — il ne disait plus *l'incident* —, il avait renoncé à mettre un nom sur son malheur). Il n'avait pas la force de s'expliquer. De toute façon cela ne servait à rien.

Biasini avait-il deviné sa détresse? Il avait fait venir le serveur d'un geste de la main, tout en demandant à North, les yeux emplis d'une sollicitude presque amicale, s'il aimait les profiteroles.

Le juge le considérait sans ciller, les mains jointes sous le menton, la tête un peu penchée sur le côté. North s'y prit à deux fois tant il avait la voix sourde. Le cou tendu vers l'assistance, comme offert au glaive d'un invisible bourreau, il murmura, les yeux baissés :
— Coupable.
À quoi bon s'obstiner ? Bâton tordu valait mieux que bâton droit... Il avait fini par se rendre aux arguments de Biasini. Le pragmatisme de l'avocat l'avait emporté sur la volonté, qu'il s'imaginait pourtant viscérale, de clamer publiquement son innocence. Mais sitôt qu'il eut prononcé le mot *coupable*, il eut le sentiment de s'enfoncer dans une eau froide et vaseuse, et regretta d'avoir écouté Biasini.
— Coupable, répéta le juge d'une voix forte, et c'était comme un poing qui s'abattait sur un couvercle pour mieux le refermer.
Était-ce la tranquille assurance de Biasini qui l'avait convaincu, ou tout simplement la fatigue ?
— Il revient donc à la cour de prononcer une sanction adaptée ; adaptée au délit que vous avez commis, mais aussi à votre personne...
La fatigue et le découragement.
— ... en d'autres termes, une sanction qui mette en balance vos actes et les éléments qui permettent d'éclairer ceux-ci, voire — autant que faire se peut — de les expliquer...
La solitude, aussi. Biasini lui avait tendu la main quand

tous l'avaient abandonné. Il s'était accroché à cette main avec une confiance de naufragé. Tout plutôt que d'endurer solitairement l'opprobre.

— ... c'est pourquoi j'appelle à la barre le docteur Lafaye.

L'expert-psychiatre se leva, s'avança et à la demande du juge égrena ses titres. Puis, tête basse, il entama la lecture de son rapport. North avait passé près de quatre heures face à cet homme ; et pourtant il ne le reconnaissait qu'avec difficulté. La laideur de Lafaye n'était peut-être pas étrangère à cette impression, tout comme ces fines lunettes cerclées d'écaille que North n'avait pas le souvenir d'avoir vues auparavant sur son nez. Mais c'était aussi, songeait-il, la couleur même du monde qui avait changé. *Coupable.* Le mot l'isolait aussi sûrement que le drap dont il se couvrait la tête, enfant, pour jouer au fantôme. Il avait cru que le fait de plaider coupable n'altérerait en rien la chaleur de son innocence ; que celle-ci continuerait à irradier sa conscience. Or, elle brillait encore, mais faible, lointaine, et par intermittence, une luciole dans la nuit. Ce n'était pas le grand brasier auquel il avait espéré chauffer sa détresse. Éprouvaient-ils quelque chose d'analogue, les authentiques coupables qui clamaient haut et fort leur innocence ? Finissaient-ils par recueillir, sur leur visage et jusque dans leur cœur, un éclat de la pureté qu'ils revendiquaient effrontément ? Parvenaient-ils à étouffer, par la force de leurs serments, le feu qui les brûlait ? North releva les yeux vers le docteur. Ce n'étaient pas les traits du visage qui lui semblaient changés ; il retrouvait le front haut et lisse, les yeux enfouis, et le menton en galoche dont un fin collier de barbe noire tentait de dissimuler la protubérance agressive. Mais l'ensemble lui paraissait reculé, filtré, retranché, et pour des raisons qui n'incombaient pas uniquement à l'éclairage de la salle. *Coupable.* Cet homme et lui n'étaient plus du même bord, voilà ce dont il prenait peu à peu conscience. Un mot avait suffi à creuser entre eux un gouffre infranchissable. C'était à peine si la voix flûtée du psychiatre parvenait, par bribes, à ses oreilles.

— ... une grande solitude émotionnelle et sociale... un homme peu expansif, difficile à approcher, qui consacre le plus clair de son temps à son travail... une certaine rigidité inscrite dans sa structure mentale...

Et voilà que le gouffre s'approfondissait, s'élargissait, sous les coups de pioche du docteur. Pourquoi le dépeindre sous un jour si sombre ? Leurs entretiens ne s'étaient pas mal déroulés pourtant. Lafaye ne lui avait pas paru particulièrement hostile. Au contraire : d'une neutralité presque déroutante. Alors quoi ? Fallait-il en conclure que le psychiatre disait la vérité ? Était-ce cela, Damien North ? Un homme peu expansif, difficile à approcher, une structure mentale rigide ? Rien que cela ? Il en avait le cœur serré.

— Diriez-vous, reprit le juge lorsque le docteur en eut terminé, que le prévenu représente aujourd'hui un trouble potentiel, une menace pour la société ? Autrement dit, quelles seraient selon vous les probabilités d'une récidive ou d'un passage à l'acte ?

Lafaye tourna la tête vers North, à peine une seconde, et répondit :

— Il est certain que la probabilité d'un passage à l'acte aurait été élevée si les autorités n'avaient pas freiné l'addiction de M. North à la pédopornographie. Aujourd'hui encore, je ne suis pas en mesure de garantir que le prévenu ne présente aucun risque de ce point de vue. Une structure mentale telle que la sienne peut établir une censure puissante, mais elle peut aussi favoriser une dangereuse déréalisation. La capacité à se remettre en question ne me semble pas un trait dominant de la personnalité de M. North. Pour répondre à votre question : oui, j'estime que le prévenu représente un danger potentiel pour la société.

Dans le silence intimidé qui suivit ces paroles, tout le monde remarqua la lourde rotation du buste de Biasini, qui se tournait vers son client pour lui adresser une œillade complice.

— Le psychiatre chargera la barque, l'avait-il prévenu avant d'entamer ses profiteroles. Ils n'ont plus trop le choix de nos jours, les malheureux. Pensez donc, ils ont trop peur d'avoir une récidive ou un passage à l'acte sur la conscience. On ne leur permet plus de se tromper. On attend d'eux des résultats scientifiques, précis. Une science dure...

Qu'est-ce que je vous disais ? semblaient à présent demander les petits yeux dissymétriques. North accrocha son regard à celui de l'avocat. L'accomplissement des prédictions de Biasini lui inspirait une sombre jubilation. Il était rassurant de constater que les choses se passaient comme annoncé. North avait l'impression d'être au théâtre, où chacun joue son rôle; entrées, sorties, répliques, tout était écrit d'avance. Et cela, mieux valait le savoir que l'ignorer. On prenait les choses moins à cœur. Spectateur de son propre procès! Était-ce bien normal? Son rôle à lui n'était-il pas au contraire d'être *là*? Les doigts cramponnés au métal poli des accoudoirs, il s'efforça de ramener son être à l'intérieur des limites de son corps. Mais plus il essayait de se concentrer, plus une part de lui-même s'éloignait ainsi qu'un ballon voltigeant au gré des vents, et ce corps qu'il tentait d'habiter de tout son poids, il ne pouvait s'empêcher de le voir comme un corps étranger, le corps d'un autre, assis sur une chaise rouge, rêche, à accoudoirs tubulaires.

Un changement de scène arrache North à sa béance. Exit Lafaye; se lève une femme qu'il n'a pas encore remarquée, la quarantaine élancée, blonde, et North trouve étrange qu'elle n'ait pas attiré son attention plus tôt, étant donné qu'elle jouit, comme Biasini, d'un certain isolement par rapport à la salle.

— La parole est au procureur Langlacé, pour le ministère public... Vous souhaitez citer deux témoins, je crois.

— C'est exact, monsieur le Président.

Elle a une peau de rousse et les yeux bleus — d'une nuance plus trouble, plus tendre, plus maritime que le bleu hivernal des yeux de Mortemousse : bleu juin.

— Faites.

Et, de sa voix rauque et pointue, sa voix de chatte fatiguée, Anne Langlacé appela Sophie Li. Comment North avait-il pu ne pas la voir? Elle était assise sous son nez. La nuque un peu raide, le pas cérémonieux, elle s'avança vers l'emplacement que lui désignait le procureur. Elle portait un chemisier blanc qui lui allait mal au teint : les couleurs vives lui donnaient l'air moins alangui. North fut ému de cette aspiration maladroite à la correction vestimentaire. Puis il vérifia que son propre nœud de cravate ne s'était pas desserré.

— Mademoiselle, qualifieriez-vous de *tendancieux* l'enseignement dispensé par M. North, ou son attitude envers les étudiants ?

— Dans le genre tendancieux, objecta Biasini en bondissant de sa chaise — et c'était merveille de voir se déployer son corps massif et menaçant —, on ne saurait faire mieux que cette question !

Le juge lui donna raison.

— Mademoiselle, reprit le procureur, comment qualifieriez-vous l'enseignement de M. North, son attitude vis-à-vis des étudiants ?

Sophie ne la quittait pas des yeux.

— C'est un bon professeur, commença-t-elle, mais parfois... il lui arrive de tenir des propos bizarres... Par exemple, je me souviens qu'il nous a dit un jour que l'amour des jeunes gens, des jeunes garçons plus précisément, était la source de toute sagesse... Ça nous a tous un peu choqués...

— Reconnaissez-vous avoir tenu de tels propos ? demanda Anne Langlacé en enveloppant North de son regard bleu juin.

Surtout ne pas rougir. Les femmes le faisaient toujours rougir.

— Parfaitement. Si ce n'est que...

— Le prévenu admet avoir déclaré que l'amour physique des jeunes garçons était source de toute sagesse. Avez-vous d'autres souvenirs semblables à celui-ci, mademoiselle Li?

North craignait qu'une intervention intempestive ne joue en sa défaveur. Alors, faute de connaître les usages de la cour, il fit comme un écolier et leva la main.

— Oui? fit le juge d'une voix lasse en fronçant le sourcil.

— Si je puis me permettre. Il me paraît important de préciser, au sujet de l'amour des jeunes garçons, que si j'ai prononcé ces paroles la faute en incombe à Platon qui les a placées dans la bouche d'un des personnages de son dialogue, *Le Banquet*. Je ne faisais que relayer — transmettre — la pensée exprimée par Platon, ce qui, je crois, n'est pas inhabituel lorsqu'on exerce un métier tel que le mien. Il se peut qu'un moment d'inattention ait induit cette étudiante en erreur quant au sens de mes paroles, ou bien que je n'aie pas assez précisé le cadre de mon propos — auquel cas je ne serais pas un si bon professeur que le prétend Mlle Li. J'ai du moins la consolation de constater que Mme le Procureur n'en a pas eu de meilleur.

Il regretta sa raillerie sitôt qu'elle lui eut échappé. On ne se moque pas impunément d'une femme à voix de chatte.

— Reprenez où vous en étiez, mademoiselle, dit Anne Langlacé.

Les cheveux de Sophie étaient tirés vers l'arrière par un chignon que soutenait une baguette indigo. Une mèche s'échappait derrière l'oreille, serpentait le long de la nuque, s'éclaircissant jusqu'à n'être plus qu'une caresse presque invisible sur l'épaule.

— Un jour — c'était le 1er février —, je suis allée à la permanence de M. North, pour parler d'un devoir que je n'avais pas très bien réussi... Et là, M. North m'a fait comprendre que si je... qu'il était prêt à changer ma note si je... si je voulais bien...

— N'ayez pas peur... que vous a-t-il demandé ?

— De lui montrer ma poitrine.

De nouveau le procureur se tourna vers North, qui braquait sur Sophie des yeux étrécis par l'indignation. La jeune fille regardait droit devant elle, le souffle égal. Le prévenu fut sommé de répondre. Mais les mots ne trouvaient pas le chemin de sa bouche — pas ceux qu'on attendait du moins. Ne lui venaient à l'esprit que de hargneux sarcasmes sur la belle moralité des enfants de psychologue. Ce fut Biasini qui lança :

— Mon client rejette cette accusation calomnieuse.

Malgré le démenti, Sophie maintint sa version des faits. North était-il le seul à détecter, dans ses paroles, cette rigidité propre au mensonge ? Il lui sembla que le juge la remerciait un peu sèchement pour son témoignage. Mais cette sécheresse, peut-être, était inhérente à sa fonction ?

On fit entrer le second témoin cité par Anne Langlacé.

North reconnut Nathanaël Widmer. Il avait beaucoup changé en dix ans. Le visage était pâle, émacié, anguleux. Un imperméable noir et cintré accusait cette impression de raideur fiévreuse, tandis qu'un jean moulant, serré aux chevilles, accentuait la maigreur effilée des jambes. Une barbe de trois jours achevait de donner à Widmer l'apparence d'un loup famélique. Et pourtant North l'avait reconnu sur-le-champ. Peut-être, en un recoin reculé de son esprit, pressentait-il sa venue ? Widmer répondait aux questions liminaires que lui posait le juge. Il n'avait rien perdu de l'impertinence un peu crâne qui faisait à dix-huit ans tout son charme.

— Profession ?

— Intermittent du spectacle — ingénieur du son en fait... monsieur le Président.

Elle avait survécu, l'aimable causticité de l'adolescence, mais, encrassée par les ans, elle ne rendait plus le même tintement. Ainsi, ce temps d'arrêt délibéré que marqua Widmer avant les trois derniers mots de sa réponse, émanant d'un homme de trente ans, ne sonnait plus que comme un écho machinal et grinçant de son irrévérence native.

— Monsieur Widmer, commença le procureur, dans quelles circonstances avez-vous rencontré Damien North ?

— Il y a onze ans... à la faculté. J'étais un de ses étudiants de première année.

— Et l'incident que vous êtes venu rapporter se situe... ?

— À la fin de l'année scolaire. Mi-juin, je dirais. C'était une tradition, dans le département de philosophie, d'organiser un grand dîner à la fin de l'année, avec les professeurs, les étudiants, dans la salle d'Albâtre — une grande salle, avec des colonnes, des frises... Il y a plein de traditions là-bas, comme s'ils remontaient au Moyen Âge, vous voyez ce que je veux dire ? Des dîners, des fêtes...

— Au fait, monsieur Widmer, coupa le juge.

— Excusez-moi... monsieur le Président... À la fin du dîner, M. North a proposé à quelques-uns de passer chez lui boire un dernier verre. On avait tous pas mal bu déjà, vous comprenez... Le champagne, les vins... Tout le monde était un peu éméché... la cravate de travers... le col ouvert... la nuit de juin... On a été deux à accepter... moi et Boughezal...

— Et où est-il, ce second témoin ? demanda Biasini en écartant les bras, tel le spectateur dubitatif d'un tour de prestidigitation.

— Il est décédé l'an dernier, répondit Anne Langlacé avec une componction venimeuse.

Un accident ? Une maladie ? La guerre ? North aurait bien aimé savoir ce qui avait emporté ce jeune homme dont il se rappelait la chevelure noire et frisée. Mais on ne précisait pas ces choses-là dans les prétoires. Widmer reprit son récit.

— On était tout fous, avec Boughezal... Excités... Le prof qui vous invite chez lui, vous comprenez ? En plus, il nous avait promis du cognac, du whisky... Nous, à cet âge-là, on ne connaissait que la bière et le gin-tonic... Bref... On va chez lui... Il nous sert du whisky... Il nous ressert...

— Vous aviez... quel âge ? feignit de s'interroger le procureur.
— Dix-huit ans.
— Et M. Boughezal ?
— Dix-sept.
— Il était donc encore mineur.
— Oui.
— Continuez.
— À un moment... Il nous avait demandé d'enlever nos chaussures en entrant chez lui, vous savez, il y a des gens qui font ça... Pour l'hygiène...
Nathanaël paraissait avoir froid. Ses mains étaient agitées d'un léger tremblement.
— À un moment, donc, il nous demande de retirer nos chaussettes. Il nous dit qu'il n'y a rien de plus beau qu'un pied d'homme... Il nous parle des statues grecques, des pieds chinois... Il nous dit qu'on a bien de la chance d'avoir de longues jambes... que lui, il a les jambes courtes et grasses... Avec Boughezal on s'est regardés, on trouvait ça bizarre, mais on l'a fait... le whisky, la fête... on a enlevé nos chaussettes... on faisait semblant de trouver ça drôle, vous voyez ?
— Et M. North, lui, a-t-il retiré ses chaussettes en même temps que vous ? demanda le procureur.
Secoué par une quinte de toux, Nathanaël fit non de la tête.
— Non, articula-t-il enfin. Il les avait gardées, lui, ses chaussettes. Il avait aussi des pantoufles, je crois. Bref. Après ça, il se lève... Il s'approche de nous... Il titubait un

peu... Il nous passe la main dans les cheveux, une main dans mes cheveux à moi, une main dans les cheveux de Boughezal, comme ça... en nous disant qu'on est des gentils garçons... qu'il faut qu'on profite de la vie... Il avait les larmes aux yeux... On s'est mis à avoir peur, là, tout à coup... Vous savez ? Le moment où on ne trouve plus ça drôle.

— En d'autres termes, vous vous êtes sentis menacés.

— Non, pas vraiment... c'était plus, comment dire, l'impression qu'on n'était pas à notre place ; qu'on n'aurait pas dû voir ça. Vous comprenez ? Donc, il nous caressait les cheveux, et puis à un moment il fait « Je reviens ». Il avait besoin d'aller aux toilettes, j'imagine... On s'est regardés, avec Boughezal. Et on est partis sans remettre nos chaussettes... On les tenait à la main... Nos chaussures aussi, d'ailleurs... On est sortis par le jardin... on s'est dit qu'il allait nous coincer si on passait par l'entrée... Il y avait une porte-fenêtre qui donnait sur le jardin... On a couru jusqu'au fond, on a escaladé le mur... Voilà...

— Et vous n'avez pas songé à signaler l'incident ?

— Non...

— Pourquoi ? Vous avez subi des pressions ? Vous aviez peur des conséquences d'une plainte ?

— Non, mais... c'était la fin de l'année... le mois de juin... vous comprenez ? On n'allait pas faire d'histoires. On ne comptait pas rester à la fac l'année suivante... On avait tous les deux trouvé du travail...

Il s'était attardé sur le mot *juin*, les paupières mi-closes,

dans l'espoir, semblait-il, de humer une dernière bouffée de ses dix-huit ans insouciants et capiteux.
— Monsieur North, reconnaissez-vous les faits avancés par le témoin ?
La salle n'était plus qu'une grande oreille attentive.
— Oui.
À peine sa réponse était-elle tombée dans le silence que Biasini demandait une suspension d'audience. L'instant d'après, l'avocat déboulait dans le box des accusés.
— Mais qu'est-ce qui vous prend ? Il est camé jusqu'aux yeux, ce type, c'est évident, personne ne le croira si vous le démentez, personne ! Je vous parie qu'il est venu témoigner contre une remise de peine... C'est Langlacé qui a dû magouiller ça (quelle salope celle-là, vous avez vu comme elle a utilisé la mort du comparse pour produire son petit effet ?). Pourquoi vous avez dit oui ?
— Mais... parce que c'est vrai.
Il avait gardé de l'épisode un souvenir assez confus, à cause de l'alcool, confus mais honteux. Le récit de Nathanaël n'avait fait que préciser les contours de sa honte.
— « C'est vrai »... Vous lui avez écrit des mails, à ce gamin ? Des SMS ? Il vous a filmé ce soir-là, en train de caresser ses cheveux ? Non, n'est-ce pas ? Alors ! Vous ne vous souvenez pas de ce que je vous ai dit l'autre jour ?
— Si...
Biasini avait été très clair : le ministère public va sans doute citer des témoins à charge, avait-il annoncé en faisant vaciller la table du *Nouveau Riche* sous le poids de ses coudes ; du moment qu'aucune preuve matérielle ne

peut soutenir leur témoignage, niez, niez, niez. La question centrale est celle des preuves. Sans preuves matérielles, c'est parole contre parole, un point c'est tout. Et quand c'est parole contre parole, le juge n'en tient pas compte. Un jury populaire pourrait se laisser influencer par un témoignage bien ficelé, mais pas un juge...
— Eh bien alors, qu'est-ce qui vous a pris de dire oui ?
North haussa les épaules, désemparé. Il ne savait pas.
— Comment comptez-vous justifier ça ?
C'était un an, jour pour jour, après la mort de Sylvia. Malgré l'accablement qui le minait, North s'était senti contraint d'assister à la fête de fin d'année. Il venait d'être nommé à la faculté et, inhibé par la peur de *faire désordre* (peur d'autant plus forte qu'il avait le sentiment de devoir sa nomination à la faveur plutôt qu'à son mérite), il n'avait pas eu le courage de se soustraire à l'un des tout premiers rituels auxquels on lui proposait de participer. Tout au long de cet interminable dîner, tandis qu'il riait, qu'il prononçait des discours imbéciles, qu'il en écoutait de plus bêtes encore, qu'il levait son verre à la santé et au succès des uns et des autres, il avait eu devant les yeux l'image du cercueil s'enfonçant dans les flammes. Et puis le visage de Sylvia, ce visage dense et plein, que ne troublaient, de temps à autre, qu'un rire feutré ou un sourire contenu. C'était surtout par les yeux que se réjouissait Sylvia — ses yeux si expressifs, qui devaient peut-être leur singulière animation à l'ensevelissement dont semblaient les menacer, à chaque instant, les paupières bombées, lourdes, affaissées. La boisson seule parvenait à

arracher North à ces visions. Les flûtes avaient succédé aux flûtes et les verres aux verres, jusqu'à ce que les lignes s'estompent et se brouillent. Passez boire un verre chez moi... whisky, chaussettes, gentils garçons... Là encore, c'était en souvenir de Sylvia. Elle pouvait lui parler des heures durant de la beauté du pied humain. Elle avait peint plusieurs études de pieds. North s'était réveillé quelques heures plus tard sur le canapé du salon, grelottant, encore tout habillé.

— Justifier?... Je ne sais pas...
— Trouvez!

Une sonnerie annonçait la reprise imminente de l'audience. Biasini lui tapota sur l'épaule, glissa à son oreille un mot d'encouragement et sortit du box.

— Monsieur North, vous avez reconnu les faits exposés par le témoin, souhaitez-vous ajouter quelques mots?

Il se leva et, d'une voix qui charriait des énigmes, parla de lignes brouillées, de période difficile, d'épreuve surmontée. Puis il ajouta :

— Pardonnez-moi, Nathanaël, si je vous ai offensé. Ce n'était pas dans mon intention.

Le jeune homme le regardait, les sourcils froncés — par quoi? La colère? Le remords? La pitié? North aurait voulu approfondir le mystère de ce regard, mais déjà Anne Langlacé s'approchait de lui en brandissant une liasse de cinq ou six feuilles.

— Reconnaissez-vous ce document? demanda-t-elle à North.

Il haussa les épaules. La première page ne lui rappelait rien.

— Il s'agit d'une pétition s'opposant à la création du fichier Télémaque.

La pétition de Machette.

— Je lis le préambule : « Contre la surveillance généralisée, le fascisme du fichage, l'atteinte aux libertés fondamentales de l'individu... » Avouerai-je que je n'ai pas été surprise de trouver votre signature au bas de ce texte, monsieur North ? On comprend aisément qu'un fichier destiné à purger les milieux éducatifs du fléau de la pédophilie vous épouvante.

Elle le regardait, les yeux animés par une sorte d'enjouement cruel. Devait-il répondre ? Expliquer qu'il avait signé la pétition sans la lire ? Biasini vola à sa rescousse.

— Je sais bien que tout procureur rêve de transformer les prétoires en succursales du ministère, mais enfin, jusqu'à preuve du contraire, mon client est libre de ses opinions politiques !

Anne Langlacé protesta contre les insinuations de l'avocat. Le juge trancha la querelle en déclarant qu'il était temps de procéder à l'audition des témoins de la défense, *du* témoin, rectifia-t-il après un coup d'œil vers son registre.

— Un témoin de moralité, monsieur le Président, annonça Biasini en se levant. J'appelle M. Hugo Grimm.

L'intéressé s'approcha d'un pas lent, esquissant au passage une légère inclination de tête en direction de North. Son pantalon, comme d'habitude, flottait à quelques centimètres au-dessus des chaussures. À la demande de Biasini, il se présenta : directeur du département d'histoire du droit, membre du conseil d'administration de la faculté — il en imposait davantage que les blancs-becs dégottés par le procureur. Il émanait même de ses traits placides et ronds, de ses cheveux bien peignés, du doux chuintement de sa voix, de la façon lente et réfléchie qu'il avait de choisir ses mots, quelque chose d'enfantin qui suscitait la sympathie. North le revoyait encore assis sur son banc, ébloui par le soleil d'hiver, le matin où sa vie avait basculé.

— Et quelle est votre opinion sur Damien North ? demanda Biasini.

Grimm évoqua, exemples à l'appui, un collègue consciencieux, un homme intelligent, doux, calme, volontaire, réfléchi. Le plus remarquable était qu'il semblait puiser son opinion dans le tréfonds de son cœur et non débiter un texte rédigé la veille.

— Je suis certain, ajouta-t-il en guise de conclusion, que Damien North est conscient de la gravité de ses actes, et je ne doute pas de son aptitude à se sortir du... gouffre où il est tombé. S'il est un homme qui mérite que la société lui accorde une seconde chance, c'est lui. Je vous remercie de votre attention, monsieur le Président.

Et de lui-même, sans que personne n'eût à l'en prier, il retourna s'asseoir. Des têtes se tournèrent sur son passage : récompense des sorties réussies. Si vive que fût la gratitude de North, elle n'était pas sans mélange. Il était gêné de voir la bienveillance et la probité de son collègue se déployer sous l'égide d'un mensonge — ce *coupable* qu'il avait prononcé au début de l'audience. Le spectacle d'un cœur crédule et pur enfoncé dans l'erreur offensait sa pudeur.

La grande horloge murale indiquait dix heures cinquante-huit lorsque le juge invita le procureur à prononcer son réquisitoire. Anne Langlacé commença par évoquer l'atrocité des images incriminées, le scandale de vies saccagées pour assouvir les fantasmes d'une poignée d'individus malades, les réseaux criminels qui prospéraient sur ce terreau abject.

— On nous assure, on nous répète, que le prévenu ne commettra pas de récidive, qu'il ne passera pas à l'acte, que c'est un homme intelligent, qu'il ne passera pas à l'acte *parce que* c'est un homme intelligent. Je laisse à d'autres le plaisir de spéculer sur les vertus supposées de l'intelligence. Mais je constate, moi, que le passage à l'acte a déjà eu lieu, deux fois; la première avec M. Widmer, la seconde avec Mlle Li. Et ce qui rend ces actes d'autant plus ignobles, c'est qu'on y voit l'abus se mêler à la pulsion; abus de pouvoir, abus de confiance, abus de prestige...

Une sorte de férocité dépassionnée s'aiguisait au fond des yeux bleu juin. Troublé par ce regard qui l'épinglait ainsi qu'un insecte parmi les chaises vides et rouges du box des accusés, North rechercha l'apaisement d'une respiration ample et profonde.

— Parce que M. North a fait des études prolongées, il mériterait notre bienveillance? De quel élitisme nauséabond voudrait-on donner l'exemple? Je crois pour ma part qu'une justice indépendante et digne de ce nom doit s'appliquer avec la même sévérité aux puissants comme aux faibles...

Mais le souffle de North restait oppressé; tous les fantômes qui l'avaient précédé dans le box l'enlaçaient à présent de leurs longs bras noueux, lui ceinturaient la poitrine, le garrottaient pour les siècles des siècles.

— ... Et c'est pourquoi, monsieur le Président, je requiers à l'encontre de M. North cinq ans d'emprisonnement ferme et je demande qu'il vous plaise de le retenir dans les liens de la prévention.

Le maximum. Les fantômes du box resserrèrent encore leur étreinte. Enfin, après ce qui parut à North une éternité, la voix de Biasini chassa les démons.

— D'où vient, monsieur le Président, que l'on ne s'apitoie que sur le sort des vieilles filles ? Celui des vieux garçons n'est pas plus enviable. Mais on préfère imaginer qu'ils s'amusent. On les appelle des *célibataires endurcis*. Damien North n'a rien d'un célibataire endurci. C'est un homme brisé par la mort de la femme qui partageait sa vie, un homme qui sent la jeunesse lui filer entre les doigts. Alors il glisse. Ce n'est pas une chute, ce n'est pas, comme je l'ai entendu, un gouffre. C'est une glissade. Il glisse vers la pornographie comme d'autres glissent vers le jeu ou l'adultère. Comme on glisse dans la quarantaine. Comme on glisse en dépression. Il se replie sur lui-même. Il part en quête de sa jeunesse, de ses amours, de son désir...

North écoutait, fasciné, ce destin qui aurait pu être le sien — et qui, à mesure que s'étoffait la plaidoirie, devenait, dans le monde parallèle et néanmoins familier créé de toutes pièces par le verbe de l'avocat, son unique et véritable destinée. Il écoutait, et sa fascination se teintait peu à peu d'effarement : à supposer que la plaidoirie de Biasini atteigne l'équivalent, dans le domaine de la vraisemblance, de ce que les physiciens appellent masse critique, son individualité subirait-elle un phénomène analogue à la fission de l'atome ? Existerait-il encore un seul Damien North ?

— ... Il faut bien comprendre que Damien North est un homme qui travaille chez lui : son emploi du temps indique six heures d'enseignement hebdomadaires, ce qui, vous en conviendrez, n'est pas considérable. Et il travaille sur son ordinateur, en utilisant constamment, pour les besoins de sa recherche, les ressources d'internet — textes numérisés, bases de données, etc. N'importe quel usager d'internet a éprouvé — même en entreprise, même au bureau ! — la tentation de jeter, de temps à autre, un coup d'œil distrayant, qui à son réseau social favori, qui aux derniers résultats sportifs, qui aux défilés d'automne, qui aux photos d'une starlette dénudée. Alors imaginez ! Imaginez un peu quelle ampleur, quelle intensité, quelle force peut prendre cette tentation dans l'esprit d'un homme livré à lui-même, seul chez lui, et de surcroît libre de son travail ! Car Damien North n'a pas de supérieur hiérarchique pour lui demander des comptes à la fin de la journée. Alors il se laisse glisser. Et personne ne le retient. Il se laisse glisser, et internet — si vous me passez l'expression — lui savonne la planche. Car voyez-vous, si vous tapez « jeune fille nue » ou « jeune homme nu » sur un moteur de recherche, on vous proposera de télécharger un lot de quarante photos dont quelques-unes correspondront peut-être à votre demande, mais dont un grand nombre représenteront des enfants ou des bébés subissant d'abominables sévices.

Internet ignore ce qu'il faut bien appeler les subtilités du désir. Mon client m'assure qu'il ne voulait voir que des images d'adolescents dénudés, et je le crois : car je pense que c'était sa propre adolescence qu'il cherchait à revivre. Le temps où tout était encore possible. L'âge d'or. L'âge d'avant l'ennui et les désillusions. En ce sens, Damien North est une victime d'internet, et non le prédateur cynique qu'on voudrait nous dépeindre. C'est la raison pour laquelle je le crois incapable d'une récidive, et encore moins d'un passage à l'acte...

Jusqu'alors Biasini n'avait pas bougé d'un pouce, si bien que sous le drapé de la robe son corps ne semblait que plus massif. Tout au plus un poing serré émergeait-il parfois des profondeurs de l'étoffe avec la lenteur étonnée d'une tête de tortue. Aussi, lorsque l'avocat se tourna soudain tout d'une pièce vers Anne Langlacé, crut-on — tant leur rareté alourdissait ses mouvements — qu'il allait écraser sous son poids la grande femme osseuse.

— ... Ce qui semble exciter tout particulièrement votre sévérité, madame le Procureur, c'est l'appartenance de mon client à cette catégorie que vous enveloppez sous le nom d'*élite*. On croirait à vous entendre qu'il s'agit d'une maladie honteuse, l'élite. Pas de passe-droit pour les élites, vous entend-on crier ; attention, nous prévenez-vous, ce nanti risque de bénéficier d'un traitement de faveur ! Mais sur quoi au juste se fonde ce pressentiment ? Auriez-vous découvert une corrélation mathématique entre l'indulgence des tribunaux et... la notoriété du prévenu ? ses revenus ? ses diplômes ?

Les sourcils levés par une incrédulité d'apparat, un pli caustique errant au coin des lèvres, Biasini personnifia, quelques instants durant, l'Esprit critique.

— Je me demande plutôt, moi, reprit-il enfin, si ce n'est pas précisément parce que Damien North *n'est pas* Monsieur Tout-le-Monde que vous vous acharnez contre lui... Le prurit égalitaire, dont on s'efforce de nous faire croire qu'il constitue le fin mot de l'idéal démocratique alors qu'il en est le dernier souffle, le prurit égalitaire n'a-t-il pas pour ambition de couper toutes les têtes qui dépassent ? Toutes, absolument toutes, afin que les différences disparaissent enfin de la face du monde ?

North commençait à comprendre pourquoi l'on accolait si souvent au nom de Biasini l'épithète « sulfureux ».

— Et puis, de quelle élite parlez-vous ? Vous agitez ce mot comme un chiffon rouge, mais que voyons-nous derrière ? Un oligarque avide de pouvoir ? Un ploutocrate effréné ? Un intrigant notoire ? Non ; un enseignant. Et je vous le demande, moi : quelle élite est plus foncièrement, plus authentiquement démocratique que celle qui s'est donné pour mission de transmettre le savoir à ceux qui en sont privés ? Faire profession d'enseigner, n'est-ce pas permettre à *chacun* d'accéder à l'élite ?

Anne Langlacé retirait avec application un cheveu accroché à la manche de sa robe. Elle avait les doigts jaunes et noueux. North observa qu'elle ne portait pas d'alliance.

— Un dernier mot, monsieur le Président, à propos de ce métier d'enseignant. Il ne faut pas se voiler la face : la relation pédagogique *est* une relation de nature érotique — au sens large du terme. Si tel n'était pas le cas, il y a longtemps que les cours seraient assurés par des ordinateurs... La transmission du savoir, et son apprentissage, ont une source commune : le désir ; désir de savoir, bien sûr, mais aussi désir de plaire. Le professeur a un besoin vital de plaire à son public : faute de quoi ses cours sont désertés, et la transmission périt. Un professeur qui ne sait pas plaire est une pâte sans sel et sans levain. Quant à l'étudiant... sans le désir de plaire à son maître, le désir de l'imiter, le désir de surpasser les autres, l'étudiant croupirait dans l'indifférence et l'oisiveté. De cet entrecroisement de désirs peuvent naître, parfois, des situations ambiguës qu'il serait trop facile d'imputer à la perversité d'un seul homme. M. North a eu le courage de reconnaître un moment d'égarement survenu il y a plus de dix ans — dix ans ! Que les témoins qui sont venus l'accuser fassent preuve de la même clairvoyance et de la même dignité. Qu'ils reconnaissent à leur tour la part de fantasme, de désir, peut-être aussi de délire à l'œuvre dans leur relation avec Damien North. Réels ou inventés, ces épisodes n'ont aucun rapport, absolument aucun, avec les faits pour lesquels mon client comparaît aujourd'hui devant ce tribunal. Ne confondons pas tout. Ne mêlons pas vie professionnelle et vie privée. Ne jugeons pas cet homme pour de mauvaises raisons.

La suite de la plaidoirie ne parvint aux oreilles de North que par bouffées, car lui-même se préparait à prendre la parole en ruminant les phrases qu'il avait l'intention de prononcer.

— Avant le délibéré, l'avait averti Biasini, le juge vous demandera si vous souhaitez vous exprimer. Il est impératif que vous le fassiez.

C'était à l'heure où les tables du *Nouveau Riche* se vidaient l'une après l'autre. L'avocat touillait son café, interminablement, comme si son poignet, indépendant de sa volonté, ne faisait que tournicoter sur son erre.

— Comment ça, *m'exprimer*?

— Eh bien, vous direz...

Biasini l'avait considéré de pied en cap, comme s'il le voyait pour la toute première fois.

— ... que vous avez eu un moment d'égarement... que vous étiez déprimé... que vous regrettez... que vous ne recommencerez plus... Ne soyez pas trop long. Ni trop sec. La bonne longueur, vous voyez ce que je veux dire?

North avait acquiescé d'un air entendu. La bonne longueur : cela paraissait limpide. Mais, dans la solitude du box, les choses perdaient leur évidence.

— Et surtout, avait ajouté Biasini avec une insistance un peu lasse, tâchez d'être convaincant.

L'avocat s'est rassis ; il a fini de plaider. Le juge se tourne vers North et lui demande s'il veut ajouter quelque chose. La question lui parvient au travers d'un bourdonnement ; il entend battre son cœur dans ses oreilles. Il se lève. Fait un pas vers l'avant, car la chaise encombre ses mollets. S'éclaircit la gorge. C'est son tour. Les mots sortent de sa bouche : il regrette ; il ne recommencera plus. C'est fini. Il voudrait pourtant que cela dure. Il ne se rassied qu'à regret, lentement, comme une chose lourde s'enfonce dans l'eau. Le compte-rendu d'audience qui paraîtra le lendemain dans *L'Indépendant* évoquera sa « voix sourde » et son « rictus dédaigneux ».

Le juge et ses assesseurs se retirèrent pour délibérer. Beaucoup, dans l'assistance, sortirent fumer une cigarette, se dégourdir les jambes, boire un café. On entendait, par la porte ouverte, l'écho des pas et des conversations dans le vaste hall. North prit soudain conscience de sa faim. Il n'avait rien pu avaler avant de se présenter à l'audience : ce qu'il avait essayé de manger au réveil, il l'avait rendu peu après. À présent, il avait la tête lourde et légère à la fois, le regard fixe, le souffle pesant. Un simple battement de paupières le conduisait aux confins de l'évanouissement. Une impérieuse envie de combler sa faim se combinait à une léthargie paralysante. Il en éprouvait de l'agacement et presque de la rage. Il n'avait ni la force ni le courage de sortir de son box ; de quoi aurait-il l'air, dans le hall, au beau milieu de ces gens qui ne parlaient que de lui ? *Coupable* : il n'était plus des leurs. D'ailleurs, il ignorait s'il lui était permis de bouger. Il essaya d'attirer l'attention de Biasini, mais celui-ci ne quittait pas des yeux son interlocutrice, une jeune femme qui lui parlait en se nouant les cheveux, les seins affermis par la maille épaisse de son pull. Puis il croisa le regard d'Anne Langlacé, restée seule à sa place et qui vidait à courtes gorgées une petite bouteille d'eau minérale. Tous deux baissèrent aussitôt les yeux. Enfin, il se tourna vers l'agent qui l'avait escorté

dans le box et le pria de lui trouver quelque chose à manger — n'importe quoi ferait l'affaire.
— Vous me direz combien..., précisa-t-il.
L'agent revint avec une barre chocolatée. Tout en déchirant l'emballage, North le remercia profusément.
— Combien... ?
Mais l'agent lui signifia, d'un geste de la main, que c'était inutile ; et ses paupières papillotaient doucement dans le sillage de sa générosité. North, surpris aux larmes, détourna la tête et s'empressa de mordre dans sa barre. « C'est l'hypoglycémie qui me rend émotif », se dit-il.
Le caramel lui collait encore aux dents lorsque le juge reparut en compagnie des assesseurs pour lire le verdict.
— ... le tribunal condamne Damien North à deux ans d'emprisonnement ferme...
Deux ans. *Deux ans maxi, peut-être un an, peut-être moins*, avait promis Biasini.
— ... la peine est assortie d'une obligation de suivi médical de la libido...
Vous pourriez même vous en sortir avec du sursis. À présent Biasini a les lèvres plissées par l'adversité.
— ... ainsi que d'une inscription au registre de la délinquance sexuelle...
Soudain la soif. Une soif immense. Cette sécheresse poisseuse dans la bouche : le nouveau goût de sa vie.
— ... En conséquence de votre condamnation, le tribunal décerne à votre encontre un mandat de dépôt...
Est-ce à cause de l'apparente prostration du condamné

que le juge reformule sa phrase en termes plus explicites ? Ou simplement parce que la procédure l'exige ?

— J'ordonne donc votre arrestation immédiate.

Des hommes qu'il ne connaît pas s'approchent de lui. Biasini accourt, s'interpose, parlemente avec les inconnus. Puis, se tournant vers North :

— J'ai obtenu qu'ils ne vous passent pas les menottes.

Attend-il un signe de reconnaissance ? Un sourire ?

— Je ne comprends pas, poursuit-il en secouant la tête. Deux ans, c'est... dur, ils ont été durs...

De nouveau il secoue la tête.

— Enfin. Je serai avec vous. Le combat ne fait que commencer. Tenez bon.

Et Biasini lui serre la main. Emphatique, accompagnée d'une affectueuse palpation du biceps de North, sa poignée de main a pour ambition d'exprimer ce que les mots déforment.

On l'emmène. Un dernier regard vers la salle. Les têtes se baissent, les regards se détournent. Seul Hugo Grimm a le courage de planter ses yeux dans les siens. Grimm a un regard de myope, humide et doux.

Dehors, sous la longue fulguration des flashes, il rabat la capuche de sa parka sur le fantôme qu'il est devenu.

DEUXIÈME PARTIE

Les jours féroces

5

Il était innocent. Tout était la faute de son ex-femme. La garce avait combiné sa ruine. Elle avait embobiné les flics, elle avait embobiné le juge — elle embobinait tout le monde, lui aussi elle l'avait embobiné, c'était tout ce qu'elle savait faire, embobiner — et allumer les hommes. Ça! Le juge, il fallait voir comme il la regardait, à l'audience. Les yeux tout injectés de foutre. Pas étonnant qu'il l'ait condamné, le juge, pas vrai?

North hocha une tête compatissante. Il avait imaginé, au début, que cela ne durerait qu'un jour ou deux. Un mois plus tard, rien n'avait changé. Alex était intarissable et le cercle de ses pensées, étroit. Il parlait avec le monotone entrain des alcooliques.

— T'es pas marié? Tant mieux. Elle t'aurait largué. Non, je te jure. Elles se barrent toutes.

North émit du bout des dents un petit rire forcé. Son instinct lui conseillait de caresser Alex dans le sens du poil, en dépit d'une répugnance chaque jour plus difficile à surmonter.

— T'es sympa, toi. Je l'ai senti tout de suite, qu'on s'entendrait bien. Dès le premier jour, je l'ai su.

Tandis qu'Alex lui secouait l'épaule avec la rudesse un peu sournoise qui lui tenait lieu d'affection, North se remémorait son arrivée à la prison. La fouille. La succession des portes. Il y avait aussi cette odeur, plus aiguë que les relents de chou bouilli et la puanteur des corps confinés, dont l'énigme avait requis ses narines jusqu'à ce qu'il renonce à en découvrir l'origine : l'odeur même du désespoir, avait-il fini par conclure. Puis il y avait eu la découverte de la cellule, ces neuf mètres carrés dont un rapide coup d'œil embrassait la totalité : la fenêtre, la petite étagère, la tablette en formica, deux chaises et, dans l'angle que formaient le mur de droite et la cloison des toilettes, le lit superposé au sommet duquel s'entre-grattaient deux pieds racornis et verruqueux. Alex était resté là-haut pendant une heure ou deux, honorant d'un grognement le timide salut de North, feignant d'ignorer sa présence. De temps à autre, il soupirait. North s'était allongé sur le lit inférieur et attendait la suite. Il osait à peine remuer. Seuls ses yeux allaient et venaient le long des parois de la cellule. Rien, à première vue, ne permettait de deviner l'ancienne affectation du bâtiment. Pourtant, North ne l'ignorait pas, ces murs avaient accueilli des livres avant d'enfermer des hommes. Une dizaine d'années auparavant, constatant que la désertion des bibliothèques publiques, accélérée par le développement du livre numérique, n'avait d'égale que l'explosion de la population carcérale, le gouvernement avait décidé de promouvoir une audacieuse politique de reconversion, dans l'espoir de *désengorger le parc pénitentiaire*. La métamorphose, affirmait-on, serait aisée : il ne s'agissait en somme que de changer de préfixe, de remplacer des bibliothèques par des anthropothèques (on ne parlait plus de prisons). Sur les décombres d'un savoir inutile avaient donc fleuri quelques établissements dont on vantait la taille humaine et le confort plus que décent. Ils étaient réservés à la détention des populations les plus sensibles : minorités religieuses, déficients mentaux, enfants, pédophiles. North avait connu ces lieux du temps où l'on y trouvait encore des livres. Loin de le rassurer, ce souvenir ne faisait que l'oppresser davantage. Et, couché sur son lit, il scrutait, hébété, le mur de béton.

— Moi, c'est à cause de ma femme. Mon ex-femme. C'est sa faute.

Les mots étaient tombés d'en haut. La dissipation de l'hostilité initiale d'Alex avait apaisé le cœur de North. Il avait écouté l'homme du dessus ; il l'avait écouté de bonne foi. Il avait compati au sort de ce septuagénaire humilié. Il s'était senti moins seul. *Moi aussi, je suis innocent*, avait-il dit avant de confier à son tour ses malheurs. Cela lui avait permis de franchir sans angoisse le cap de la première nuit — la plus dure, avait prévenu Biasini. Il lui semblait en effet que le corps d'Alex, étendu juste au-dessus du sien, le protégeait comme un manteau. Mieux : comme la couche de nuages qui, la nuit, protège la terre du froid. La dérisoire armature de leurs lits superposés avait acquis la complétude d'un microcosme : et les deux hommes roulaient dans le sommeil comme deux astres dans le silence de l'univers.

C'était le lendemain que les choses s'étaient gâtées.

— Porsenna ! Parloir ! avait crié un surveillant.

North, qui se trouvait à cet instant sous le regard d'Alex, avait eu la présence d'esprit de rester impassible, en dépit de la violence de la secousse.

Vous allez me dire : je ne suis pas Porsenna, moi. Encore heureux que vous ne soyez pas Porsenna.

Au moment où l'affaire avait fait les gros titres de l'actualité — il y avait une quinzaine d'années de cela maintenant —, North accompagnait Sylvia à l'étranger, pour une exposition. Aussi n'avait-il suivi que de loin l'histoire de ce garde forestier qui, avec la complicité de son épouse, avait abusé d'une douzaine d'enfants. Les faits divers, du reste, ne l'intéressaient pas. Mais il était impossible d'ignorer le nom de Porsenna. C'était devenu un épouvantail, une sorte de nom commun qui figurait jusque dans les plaisanteries des collégiens.

Depuis que North avait découvert son identité, le tissu de mensonges qu'Alex débitait avec une jubilation plaintive était devenu intolérable à écouter. Car c'étaient des mensonges, à n'en pas douter : la culpabilité de Porsenna était avérée. Cet homme était un monstre et North abhorrait jusqu'au souvenir de la sympathie qu'il avait éprouvée pour lui. Ce qui rendait la situation plus pénible encore, c'était que depuis le jour où North avait eu la naïveté de lui ouvrir son cœur, Alex ne cessait d'amalgamer leurs destinées.

— Dans le fond, disait-il, on est pareils, toi et moi, c'est pour ça qu'on s'entend bien. Pas vrai ?

Le plus insupportable était peut-être cette façon menaçante qu'il avait de solliciter l'approbation de son interlocuteur à coups de *hein ?*, de *pas vrai ?* et de tapes dans le ventre. À de très rares moments, North était pris de pitié pour cet homme qui disposait, pour s'aventurer dans la parole, des armes de ceux qu'on ne croit plus : l'intimidation, la ténacité, la ruse. Mais le plus souvent, il éprouvait de la colère et une crispation de tout son être. Plus Alex l'enchaînait dans une complicité qu'il rejetait de toutes ses forces, plus il avait envie de crier à la face du vieil homme qu'ils n'étaient pas du même monde ; qu'ils ne partageaient rien d'autre que les neuf mètres carrés de leur cellule ; qu'il aurait dénoncé ses crimes à la police s'il en avait eu l'occasion — sans l'ombre d'une hésitation ! Mais il se retenait, car il redoutait la force de Porsenna. D'abord parce que Alex s'exerçait quotidiennement aux haltères, mais surtout parce que certains de ses gestes trahissaient une habitude de violence, violence d'autant plus redoutable que, se sentant faiblir, elle devait compenser par un surcroît de cruauté ce qu'elle avait perdu en force brute. North en avait reçu la confirmation, un jour, aux douches. Bousculé par un jeune détenu qui exigeait de lui quelque faveur immonde, Alex avait manqué lui arracher l'oreille.

— Tu sais comment on me surnommait, quand je jouais au foot ? *Sanglier !*

Il en avait encore l'apparence, avec son corps trapu et ses cheveux coupés en brosse. Rien de plus dangereux qu'un sanglier vieillissant. Aussi North gardait-il le silence, et ce cri rentré le rongeait comme un acide.

« De toute façon, se disait-il pour excuser sa couardise, quand bien même je lui dirais qu'il est coupable et moi innocent, quand bien même je tracerais cette ligne entre nous, il aurait beau jeu de me rire au nez — exactement comme je ris, moi, lorsque je l'entends clamer son innocence. Car moi aussi, j'ai été condamné par la justice — la même justice que celle qui l'a condamné lui. Moi aussi, j'ai plaidé coupable. À mon sujet aussi on a parlé, dans la presse, en des termes non équivoques. Sur le papier, rien ne nous différencie : deux pédophiles, deux pauvres pervers dont les protestations d'innocence ne trompent ni ne surprennent personne. 85 % des pédophiles sont dans le déni, disait le commissaire. Pourquoi paraîtrais-je moins coupable que lui ? La société porte sur nous le même regard. La preuve, c'est qu'elle nous enferme dans la même prison... la même cellule... Aux yeux du monde, lui et moi nous ne faisons qu'un... »

Il baissa la tête, car un détail venait d'apporter une confirmation imprévue à sa pensée. Alex lui avait parlé, un jour, de l'*œil du mur*.

— Là, à côté de l'étagère... comme un œil... avec une larme dessous... non ? Tu finiras par le voir. Il faut regarder un peu longtemps. Sans chercher à le voir, tu sais ?

Cet œil, il venait de le deviner dans le clair-obscur du béton, à l'endroit même indiqué par Alex. Un œil effilé d'où coulait une larme, semblable à l'œil des amulettes égyptiennes.

« Nous voyons lui et moi, dans ce mur, quelque chose qui n'existe pas... Même l'imagination nous rapproche... On n'a pas idée des... des *interférences d'auréole* qui peuvent se produire entre deux individus enfermés du soir au matin dans une cellule de neuf mètres carrés... D'ailleurs, au fond, qu'est-ce qui me le garantit, que nous sommes si différents l'un de l'autre ? Ne sommes-nous pas comme ces vieux couples dont on finit par trouver qu'ils se ressemblent ? »

Il aurait fallu en parler à un tiers. Mais il n'y avait personne. Biasini ? Il venait toutes les semaines environ, enveloppé dans un manteau beige dont le col doublé de fourrure semblait accrocher la fraîcheur du dehors. « La dernière expertise de votre disque dur n'a rien donné, disait-il en se penchant vers l'hygiaphone du parloir ; toujours aucune trace de virus. Mais j'ai trouvé un cabinet d'expertise spécialisé dans l'usurpation d'identité numérique : ce sont eux qui ont découvert le fin mot de l'affaire D., vous en avez entendu parler ? Un homme dont l'adresse IP avait été détournée par son voisin. Ils vont explorer la piste, je vous tiens au courant... » Lors de sa dernière visite, il avait évoqué la possibilité de mettre en location la maison du boulevard Mauve ; North s'y était vivement opposé. Il y voyait le signe d'une démission, comme si l'avocat baissait les bras. Non, il ne pouvait compter sur personne. Aussi s'efforçait-il de dissiper lui-même son vertige.

« Même aux yeux de la société, il doit exister une différence entre Porsenna et moi. Admettons que moi aussi je sois coupable; admettons, puisque tout le monde en est persuadé. Eh bien tout de même, il y a une différence. Je n'ai fait que regarder des images, moi; lui a violé des enfants. Sûrement, on ne nous considère pas de la même façon? »

Mais ces réflexions ne faisaient que le troubler davantage : son unique singularité résidait donc dans une faute qu'il n'avait pas commise? Il ne pouvait se différencier qu'en assumant l'hypothèse de sa propre culpabilité? Il y avait de quoi devenir fou! Et, béant, le front plissé, il sentait monter des larmes de rage. Du reste, cette distinction qu'il établissait entre leurs forfaits respectifs n'était-elle pas le signe d'un esprit tordu? *Derrière ces images, il y a des personnes réelles; la consommation d'images est déjà un passage à l'acte.* L'avait-on assez répété, au commissariat, à l'audience, dans la presse! Et lui, malgré tout, cherchait à minimiser l'importance de ces images, à les déréaliser — exactement comme l'aurait fait un véritable amateur de pédopornographie. Ainsi son désir de se prémunir contre la promiscuité morale instaurée par Alex le rapprochait de ce qu'il cherchait à fuir.

Une menace pesait sur son identité. Quelque chose de visqueux prenait possession de lui. Ce suintement infiltrait ses veines, épaississait son sang, engluait jusqu'aux battements de son cœur. North ne fermait plus l'œil de la nuit. Le partage du sommeil, qui l'avait tant rasséréné le premier soir, ne lui inspirait plus qu'un dégoût mêlé d'effroi.

Dormir en même temps qu'Alex, c'était accepter de partager les exhalaisons et les moiteurs du sommeil, tout ce halo de vie qui élargit, au point de les entremêler, les corps endormis. C'était aussi consentir à livrer le regard de l'éveil, si vulnérable, à la pâture d'une paire d'yeux gris, sournois, endurcis par la bêtise et les ans.

Ce qui acheva de le soustraire au sommeil, ce fut de découvrir qu'Alex avait contaminé ses rêves. Ces excréments qu'il découvrait inopinément amoncelés dans la cuvette des toilettes (alors même qu'il croyait avoir enfin poussé la porte du court de squash), c'étaient ceux d'Alex, cela ne faisait aucun doute — leur aspect levait toute incertitude. La vision le réveilla avec la violence d'un coup de pied dans l'estomac. Depuis quelque temps déjà, ses songes n'étaient peuplés que des murs de la cellule, de l'hygiaphone du parloir, de la petite tablette en formica et de portes qui s'ouvraient à l'infini. Le dernier rêve d'homme libre qu'il eût fait remontait à une quinzaine de jours : il marchait derrière un canard, dans un parc entièrement couvert de neige. Depuis, plus rien d'extérieur à la prison. Ses rêves aussi étaient incarcérés. Cela, Biasini ne l'avait pas prédit. Il fallait l'avoir vécu pour savoir.

Chaque nuit devint une épreuve entre deux clartés. North s'abîmait dans des pensées qui n'en étaient pas, ressassait jusqu'à l'hébétude le mystère de ce crime qu'il n'avait pas commis, invoquait un Dieu auquel il ne croyait pas. Pourquoi lui ? Qu'avait-il fait ? Pourquoi nul ne lui venait-il en aide ? Seule surnageait, dans la nervosité stérile de l'insomnie, la part la plus primitive de lui-même.

« Un veilleur de nuit, se disait-il un soir après l'extinction des feux, voilà ce que je suis devenu. Un phare — un œil ouvert sur la nuit des naufragés. » Une oscillation du lit superposé, si douce qu'il ne s'en aperçut pas sur-le-champ, accompagnait sa rêverie. Ce fut un halètement discret, venu d'en haut, qui lui fit prendre conscience qu'Alex non plus ne dormait pas. Le mouvement soudain s'accéléra. La monture du lit grinçait faiblement. Alors North comprit ce qui se passait au-dessus de son corps étendu. Il ferma les yeux, les traits crispés, comme s'il appréhendait d'être souillé dans sa propre chair. Cela semblait interminable. Il entrouvrait les yeux, les refermait aussitôt. Le fait de ne pouvoir bouger — il craignait d'attirer l'attention d'Alex — ajoutait à cette dilatation du temps qui est le propre des supplices. Enfin, cela s'acheva dans un râle étouffé. Il y eut une odeur familière et volatile, un soupir d'aise, des ronflements. Puis la nuit.

Le lendemain, lorsque l'autre, comme à son habitude, lui tapotait l'épaule, le ventre ou le dos de la main, North, encore troublé par le souvenir de la nuit, faisait effort pour se rétracter, non pas de façon apparente, ce qui aurait alerté Alex, mais *du dedans*, jusqu'à ce que sa propre peau, cette peau où s'apposaient les doigts couleur de poulet bouilli du vieil homme, lui devienne étrangère, à la façon d'une pure coquille ou de l'enveloppe la plus extérieure d'une poupée russe. Et c'était épuisant, pour ce corps déjà confiné aux neuf mètres carrés de la cellule, de ne pouvoir s'habiter pleinement lui-même. Quelques jours s'écoulèrent dans cet état de contraction permanente. La nuit n'apportait aucun répit, car à la tension corporelle succédaient les spasmes d'un esprit nerveux et ressassant. Jusqu'à une nuit de grande clarté.

North apprit par la suite que cela s'était passé aux premières heures du 20 mars (les contours du calendrier, dans son esprit, s'étaient estompés). Comme à son habitude, il avait laissé le monde s'endormir autour de lui et il veillait, limé par l'insomnie qui simplifiait son être à la façon d'un écorché. Les mêmes questions surgissaient, les mêmes angoisses, la peur lancinante de ne pouvoir tracer entre lui et Porsenna une ligne assez nette — la ligne de feu qu'attendaient ses yeux exaspérés de fatigue et de pénombre. C'est alors qu'un mouvement presque imperceptible avait ébranlé le lit. Le corps entier tendu par l'appréhension, North n'avait pas tardé à recevoir la confirmation de ce qu'il pressentait. La cérémonie de l'autre soir recommençait. À la pensée qu'il allait devoir en subir toutes les étapes, de l'oscillation initiale à la convulsion finale, il fut saisi d'une rage d'humilié, amère et sans limites. « Je n'ai qu'à le buter », se dit-il, en partie pour assouvir sa fureur, en partie pour oublier cette chair lourde et laide qui s'agitait au-dessus de la sienne. Comment s'y serait-il pris s'il l'avait voulu ? Il n'y avait pas un seul couteau, c'était interdit par le règlement ; pas de lacets non plus. Que restait-il ? Quelques objets contondants : la poêle à frire, le réchaud de camping, les haltères que Porsenna rangeait sous son lit, dans une boîte à chaussures. Mais il faudrait fouiller, remuer des affaires, au risque d'éveiller le dormeur. Et puis, le sang, les cris, les coups redoublés, le craquement des os du crâne : ce n'était pas son genre. Soudain, son visage s'éclaira : « L'oreiller, par contre... » La certitude d'avoir trouvé l'arme adéquate lui inspirait une joie d'enfant. « Discrétion, douceur, aucune effusion de sang... le dormeur étouffé sous l'oreiller... Il faudrait grimper au moins jusqu'au deuxième barreau de l'échelle, pour pouvoir maintenir l'oreiller bien enfoncé lorsqu'il se débattra, car il se débattra... débattrait... Si je restais au niveau du sol, mes bras ne pourraient pas exercer toute leur force, c'est sûr... Le deuxième barreau ou le troisième ? L'important dans ce genre d'affaire, je suppose, c'est de planifier le moindre détail avant de passer à l'action... » L'idée distrayait si bien son attention qu'il entendit à peine le hoquet de plaisir qui marquait le paroxysme de la cérémonie du dessus. Son esprit, lancé sur les rails du fantasme et de l'insomnie, outrepassait le but qu'il s'était assigné. Il n'avait voulu que se changer les idées : mais c'étaient ses idées qui le changeaient. Jamais, avant d'envisager le meurtre de Porsenna, il ne s'était avoué à quel point il le haïssait. Sa familiarité, sa violence, sa saleté, sa perversité, sa bêtise, ses pieds ; l'épine que cet homme avait plantée dans ses pensées, dans ses rêves, dans sa vie enfin, tout revenait au même instant lui fouetter le sang. De quel poids il serait libéré ! De toute façon, cette ordure était destinée à mourir entre les quatre murs de sa cellule : ce serait, d'une certaine manière, lui faire une faveur. D'autant que la prison n'avait aucun effet sur Porsenna : la responsabilité, la rédemption, le désir d'une vie meilleure, il s'en fichait. Au contraire, il s'encroûtait dans le délire et l'arrogance... Les dix ou vingt années qu'il lui restait à vivre, il les passerait tel qu'en lui-même, figé dans sa bêtise, sans prendre conscience de rien... À quoi bon entretenir ce débris ? Personne ne pleurerait sa mort. Ses victimes, en revanche, pourraient s'en réjouir. Leur joie n'aurait-elle pas infiniment plus de valeur que la réprobation tout administrative qui sanctionnerait son meurtre ? Apaiser ces quelques cœurs meurtris, ce serait une façon de se rendre utile, d'accomplir enfin quelque chose... Car, jusqu'à présent, qu'avait-il fait de sa vie ? Il y avait bien eu la peinture, mais il avait abandonné trop tôt. La recherche ? Roupie de sansonnet... Les cours ? Le *noble métier d'enseignant* ? Il n'avait jamais eu l'impression d'exercer un métier particulièrement noble. « On essaie de nous le faire croire pour compenser la médiocrité de nos salaires, mais au fond c'est de la blague... Les élèves, on ne peut rien pour eux... Les mauvais sont irrécupérables ; les bons n'ont pas besoin de nous. Quelques-uns, parfois, nous témoignent de la reconnaissance, et on accepte ça le cœur tout palpitant, pauvres de nous, palpitant d'orgueil et d'émotion, et jamais on n'a l'humilité de se dire que n'importe quel collègue aurait fait l'affaire... Les ampoules d'une couveuse, c'est interchangeable... Au fond, il n'y a que les médiocres qu'on aide vraiment... Mais ce n'est pas notre enseignement qui les aide, ils s'en tapent, les médiocres, ça entre par une oreille et ça ressort par l'autre, non, c'est les diplômes... Les diplômes que nous leur conférons donnent aux médiocres la confiance qui leur manquait pour laisser libre cours à leur médiocrité... Ils arrivent timides, ils repartent confiants, la belle affaire! Je les aimerais mieux s'ils restaient timides... Non, rien de ce que j'ai fait jusqu'à présent n'arrive à la cheville de ce... de ce projet... Et puis au moins, si je le tuais, ça justifierait ma présence ici! J'aurais peut-être moins envie de me tuer moi-même. »

Un ronflement glaireux, jaillissant d'en haut, l'interrompit net dans ses réflexions. Excédé, il repoussa drap et couverture au fond du lit. Ce bruit animal et répugnant, plus que tous ses raisonnements, le sommait d'agir. Par précaution, il attendit encore quelques minutes. « Il ne se réveillera pas, la perte de substance l'aura épuisé. » Alors, lentement, il s'assit sur le rebord du lit puis se leva. Dans sa main gauche, sans qu'il eût le souvenir distinct de s'en être emparé, se trouvait l'oreiller. Il s'approcha de l'échelle et soudain s'immobilisa car il venait de percevoir un changement de rythme dans la respiration du dormeur. Il attendit, le souffle rentré, les lèvres entrouvertes. Il avait beau s'exhorter au calme, il sentait monter en lui une extraordinaire agitation. Puis il bâilla quatre ou cinq fois d'affilée. « C'est normal, c'est le stress. » En même temps, une autre voix lui murmurait par-derrière que ce n'était pas normal. Il tourna la tête. Il aperçut au mur une tache de lumière. « Mais — d'où vient l'éclairage? » Les mâchoires contractées, le souffle rare, il vit la lumière s'intensifier sur la paroi jusqu'à l'apparition de l'Œil, du signe de feu qui, courbant sa volonté, l'avertissait de ne pas aller plus loin. Il poussa un cri, fit un mouvement pour se débattre — revint à lui dans un monde où la terre tremblait. Sa tête cognait le sol. Ses jambes heurtaient les pieds du lit. Ses yeux voyaient des formes et puis plus rien. Il avait dans la bouche un goût d'amande. Il était là. Il n'était plus là.

— Monsieur North ? Vous êtes là ? Monsieur North ?

Un mal de crâne épouvantable. Le regard attentif d'une femme au teint jaune. Il ne s'aperçoit pas sur-le-champ qu'elle est en train de lui essuyer l'anus. Il veut lui saisir le poignet pour l'arrêter mais la douleur dans ses muscles est trop forte.

— Ne vous inquiétez pas. C'est normal. Après la crise, les muscles se relâchent ; tous les muscles.

— La crise ?

— Vous avez fait une crise d'épilepsie tonico-clonique dans votre cellule. C'est fini. Vous vous en êtes sorti.

Il regarde autour de lui. Il y a des affiches, une horloge, un calendrier, des armoires remplies de boîtes et de flacons.

— Je suis où ?

— À l'infirmerie.

Son front se plisse. Il ne comprend pas.

— L'infirmerie de la prison. Ne vous inquiétez pas, tout va se remettre en place dans votre tête d'ici une heure ou deux. Il faut que vous dormiez, maintenant. Vous devez vous sentir très fatigué.

Il a l'impression de n'avoir pas dormi depuis des semaines.

— Merci, murmure-t-il.

— Oh, ce n'est pas moi qu'il faut remercier, c'est surtout M. Porsenna, votre voisin de cellule. Sans lui vous avaliez votre langue. Il est allé la chercher au fond de votre gorge, vous savez, ce n'est pas simple. Et puis c'est lui qui a alerté les surveillants. S'il n'était pas intervenu, le temps que les secours arrivent, je ne sais pas si vous seriez encore là...

Il murmure, hébété, le nom de son sauveur.

Elle lui tapote le dos de la main.

— Il faut que vous dormiez, maintenant, répète-t-elle. Je serai juste à côté. Appelez-moi si vous avez besoin de quelque chose.

Elle s'en va. De nouveau, il balaye les murs du regard. Le calendrier indique en gros caractères rouges : 20 MARS. Juste au-dessous de la date, il y a le mot : PRINTEMPS. Il se souvient qu'il n'aime pas le printemps. Il pense au mûrier-platane de son jardin. « Les premiers bourgeons devraient apparaître ces jours-ci. Si l'arbre a été bien taillé. »

6

De l'avis du médecin-chef, il avait besoin de repos avant de retourner en cellule. La crise avait été sévère. Il passerait six jours à l'infirmerie. Pour la première fois depuis son incarcération, pour la première fois depuis que deux inconnus avaient sonné à sa porte, on le laissait tranquille. Ils étaient loin, Estange, Me Sintès, Mortemousse, Virginie Hure, Anne Langlacé, Machette, Joseph, Sophie Li, Nathanaël Widmer, Porsenna... La crise, bouleversant tout, les avait relégués à l'arrière-plan. Ne subsistait plus qu'une fatigue apaisée, la fatigue d'un homme qui, après avoir longtemps nagé, reprend son souffle, allongé sur le sable chaud.

Il dormait. Il recevait des visites régulières du médecin-chef, qui semblait lui témoigner un certain intérêt. Il écoutait roucouler les pigeons dans la cour. Il bavardait avec l'infirmière. Il ne pensait à rien. Cela faisait longtemps qu'il n'avait pas goûté le plaisir de ne penser à rien. Il lisait les journaux. Ce fut ainsi qu'il apprit l'existence de la polémique. Celle-ci semblait s'essouffler. On en parlait comme d'une affaire entendue, on se contentait d'allusions dédaigneuses aux « allégations de Poulpiquet ». La plupart du temps, la polémique servait de prétexte à des considérations plus générales : sur le rôle de l'historien, la place du témoin, le devoir de mémoire. North se fit apporter les journaux et les magazines des quinze jours précédents pour tirer les choses au clair.

Tout avait débuté par la publication, aux Éditions Vertigo, d'un ouvrage consacré à un épisode obscur de l'histoire nationale : le rendez-vous de la Saint-Quentin. Ce travail était l'œuvre d'un certain Robert Poulpiquet, soixante-cinq ans, qui se disait « historien par passion ». De l'enquête menée par Poulpiquet, il ressortait qu'Axel North, l'héroïque Axel North, était peut-être le traître de la Saint-Quentin. L'identité de la personne qui avait trahi le Libérateur ce soir-là demeurait, plus d'un demi-siècle après les faits, inconnue. On savait seulement qu'en allant rejoindre sa maîtresse dans un petit meublé des faubourgs de la capitale le Libérateur avait été arrêté par la Milice — puis, supposait-on, torturé à mort. On n'avait jamais retrouvé son cadavre. Qui l'avait livré aux mains de l'ennemi ? Dès la fin de la guerre, des hypothèses avaient circulé, des rumeurs. On avait d'abord incriminé sa maîtresse, une brune aux yeux apeurés qui avait nié, obstinément, avant de sombrer dans l'alcool et la déréliction. Puis, à la suite d'une dénonciation anonyme, les soupçons s'étaient portés sur un des membres du réseau, Georges, un petit morveux que les autres n'avaient jamais aimé. Le tribunal extraordinaire devant lequel avait comparu Georges l'avait acquitté sans pour autant le blanchir. Et voici que Robert Poulpiquet sortait de son chapeau le nom stupéfiant d'Axel North ! C'était, prétendait-il, un ancien milicien qui lui avait révélé, peu de temps avant de mourir, la véritable identité du traître de la Saint-Quentin.

La nouvelle avait fait les gros titres de la presse. On parlait des « révélations explosives de l'historien Robert Poulpiquet ». À la une de *L'Indépendant*, le célèbre portrait d'Axel North — celui qui trônait sur un guéridon en acajou dans le salon de son petit-fils — occupait une pleine page. En surimpression, le titre : ET SI C'ÉTAIT *LUI* ? Poulpiquet avait eu droit, lui aussi, à quelques portraits dans les pages intérieures. L'œil était clair, le cheveu bien peigné, la mine sévère, les joues flasques, le menton triple. Une bonne tête d'hippopotame.

En quelques jours le vent avait tourné. La charge avait été lancée par les grands témoins — les anciens frères d'armes d'Axel North, une poignée de vieillards obstinés. Ils avaient défendu sa mémoire avec une véhémence inouïe, car à la rage d'affirmer propre au grand âge s'ajoutait, dans leur cas, l'incrédulité furieuse d'un peuple auquel on annoncerait que le soleil honoré depuis les temps immémoriaux n'est qu'une vulgaire ampoule électrique.

La communauté scientifique avait emboîté le pas aux grands témoins. Des historiens défilaient dans les colonnes des journaux pour rappeler certaines exigences de méthode. D'aucuns ironisaient sur le catalogue peu recommandable des Éditions Vertigo (*Et si Napoléon avait gagné à Waterloo, Raspoutine et les femmes, La vérité sur le Masque de fer*). D'autres se demandaient comment s'y était pris Poulpiquet pour gagner la confiance d'un vieux milicien. D'autres enfin l'accusaient à mots couverts de sensationnalisme : « Ce n'est pas parce que le nom de North a récemment été éclaboussé dans une sordide affaire de mœurs qu'il faut jeter le bébé avec l'eau du bain. » Toutes critiques que Poulpiquet avait balayées d'un revers de main, affirmant que ces messieurs supportaient mal la soudaine notoriété d'un confrère qui n'était pas du sérail. La polémique s'envenima. Lorsqu'on apprit que l'intéressé était un retraité de la direction générale des douanes, ses plus féroces détracteurs ne l'appelèrent plus que « le Douanier Poulpiquet ».

Interrogé par quelques journalistes, Joseph avait été parfait : « Je laisse les historiens faire leur travail, avait-il déclaré. Axel North appartient à tout le monde. Il n'est pas notre chose. Sa famille n'a pas à se prononcer au sujet des actes qu'il aurait ou non commis. » Il avait tout compris. Se poser en gardien du temple ne servait à rien car les temples sont faits pour être profanés. Les religions qui veulent survivre doivent rester cachées.

Personne n'avait cherché à joindre Damien au fond de sa cellule. Il avait pourtant des lueurs sur la question.

Un jour — il avait neuf ans et fouillait dans les papiers de son père pour savoir si celui-ci avait une maîtresse —, il avait découvert une lettre étrange. Il avait tout de suite reconnu la graphie surannée de sa grand-mère Adèle, la veuve d'Axel North disparu quelques mois plus tôt. Adèle commençait par se plaindre des vides du veuvage. La lettre continuait à peu près en ces termes : *Tu m'as entendue, un jour de colère, faire allusion devant ton père aux événements de la Saint-Quentin. Tu te souviens, je n'en doute pas, de la violence de sa réaction. Quoi que tu aies pu déduire de cet incident, quelque doute que tu aies pu concevoir, je te demande de n'en faire part à personne. Je n'invoquerai pas, pour te persuader, le devoir filial : je sais que ton père t'a toujours inspiré des sentiments mêlés. Je sais que tu n'as pas oublié les formes parfois rigoureuses que pouvait emprunter chez lui l'autorité paternelle et conjugale. Je ne te demande pas d'honorer la mémoire de ton père. Je te demande simplement de ne pas ternir l'honneur de l'homme dont j'ai partagé la vie pendant quarante-sept ans. Et puis, pense aux enfants. Tu n'ignores pas que c'est grâce au nom dont tu as hérité que la vie a été pour toi si facile. Voudrais-tu qu'il en aille autrement pour les garçons ? Pense à Joseph qui admirait tant son grand-père ; pense à Damien, que je sens si fragile et peu sûr de lui. Veux-tu qu'ils grandissent dans l'indignité ? Veux-tu les priver de tout ce dont tu as bénéficié ? — Et je ne parle pas seulement des études au Prytanée, Albert, je parle aussi de la confiance, de l'aisance, de l'aplomb, de toutes ces choses qui n'ont pas de prix. Réfléchis bien, mon chaton, avant de laisser parler je ne sais quelle passion d'un fils en colère.*

Cette lettre, North s'était souvent glissé dans le bureau de son père pour la relire, si bien qu'il la connaissait presque par cœur. Elle lui paraissait riche d'un sens profond et mystérieux qu'il ne parvenait pas à éclaircir. Du moins lui confirmait-elle l'existence longtemps pressentie, longtemps rêvée, d'un *envers du décor*. De ce décor, l'endroit ne lui convenait pas, avec ce frère aîné qui lui sauvait la vie dans les piscines, qui le frappait quand bon lui semblait, qui plaisait aux filles, aux parents, aux grands-parents, à tout le monde. L'envers serait son royaume à lui — rien qu'à lui ! Joseph pouvait bien plastronner au bord des piscines ; lui serait le maître des signes cachés. C'était, en large part, pour retrouver la saveur excitante de cette promesse qu'il avait consacré ses études au déchiffrement de textes ardus et obscurs. Mais il avait eu beau se plonger à corps perdu dans l'envers du décor, jamais il n'avait éprouvé la jubilation attendue : il n'était pas si facile d'oublier l'existence de l'endroit. Aussi avait-il toujours gardé, en dépit de ses succès académiques, la nostalgie d'un accomplissement plus entier.

La lettre était toujours rangée au même endroit, entre un faire-part de mariage et une lettre de condoléances. Il prenait soin, avant de la replacer, de replier en trois la feuille de papier vergé où courait l'anglaise patiente et doucereuse d'Adèle. Et puis un jour, peu de temps après la mort d'Adèle — elle avait survécu trois ans à son mari —, la lettre ne fut plus là. North soupçonna son père de l'avoir relue dans un accès de sentimentalité avant de s'en débarrasser. Il la chercha sans succès, quelques années plus tard, après l'accident de la route qui avait coûté la vie à ses parents. La lettre avait disparu, et avec elle son mystère. Peu à peu, North avait cessé de se demander ce que signifiaient ces allusions aux *événements de la Saint-Quentin*. Sa curiosité s'était éteinte, en partie soufflée par le temps, en partie parce que North, sans en avoir tout à fait conscience, pressentait qu'il était dans son intérêt de la laisser s'éteindre. *Voudrais-tu qu'il en aille autrement pour les garçons? Veux-tu qu'ils grandissent dans l'indignité? Veux-tu les priver de tout ce dont tu as bénéficié?*

Il se fit apporter de quoi écrire par l'infirmière — un crayon à papier si rapetissé par l'usure que North avait du mal à le tenir entre le pouce et l'index, et un petit bloc-notes dont la reliure cartonnée, de couleur orange, portait encore la marque du prix. Était-ce « l'affaire Poulpiquet », les souvenirs qu'elle éveillait, une conséquence de la crise qui avait ébranlé ses nerfs, une étape de sa convalescence? Il sentait se ranimer son désir d'explorer l'envers du décor.

NOTES ORANGE (24/03)

Poulpiquet dit-il la vérité? Rien ne le prouve, sinon la conjonction de ses conclusions et de mes soupçons. Mais rien ne permet d'affirmer qu'il se trompe. Peu importe, au fond, qu'A. N. soit ou non un traître. Ce qui m'intéresse dans cette affaire, c'est la puissance de ce que je serais tenté d'appeler, par déformation professionnelle, la loi de <u>persistance rétinienne</u>. Le phénomène optique est connu : pour des raisons liées à la chimie de la rétine, la perception d'une image dure toujours un peu plus longtemps que le stimulus visuel qui la provoque. Pendant quelques fractions de seconde, notre œil ne voit pas ce qui se passe « dans la réalité ». C'est la persistance rétinienne qui donne à une succession de gouttes de pluie l'apparence d'un trait continu, d'un fil. De même, si un tison agité dans l'air nous semble tracer une ligne de feu, c'est à cause de la persistance rétinienne. « À cause de » ou « grâce *à* »? *Défaut de l'œil ou qualité? La durée de la persistance rétinienne est bien moindre chez le chien, le chat ou la mouette que chez l'homme : leur œil est plus sensible au mouvement des formes qu'à la netteté des contours, ce qui leur est infiniment plus utile, pour la prédation, par exemple. On peut supposer que la persistance rétinienne, chez l'homme, n'a fait que s'accroître à mesure que s'est étendue sa domination sur les autres espèces.*

Le cinéma, dans ses formes les plus rudimentaires — je pense au praxinoscope et autres théâtres optiques du dix-neuvième siècle —, reposait sur une exploitation de la persistance rétinienne, celle-ci procurant au spectateur d'une succession d'instantanés une illusion de continuité : ce qui rend le cinéma possible, c'est l'impossibilité de notre œil à voir ce qui est. La persistance rétinienne est donc une machine à fabriquer de la continuité illusoire, en d'autres termes : une machine à tisser des récits. J'y vois l'incarnation, la preuve physiologique du besoin ancestral et distinctif qu'ont les hommes de se raconter des histoires, dans la mesure où ce qui fait le propre d'une histoire, c'est, précisément, la netteté de ses contours et l'illusoire continuité de sa trame. Netteté, continuité, illusion, tels sont les chemins que nous empruntons, que nous n'avons cessé d'emprunter depuis la nuit des temps pour nous soustraire au mouvement désordonné des formes floues, pour poser sur le monde un regard qui ne soit pas le regard apeuré de l'animal plongé dans un chaos toujours renaissant. La persistance rétinienne est l'emblème et l'instrument de notre liberté — comme de notre servitude.

(Je note au passage que le premier jouet optique à faire usage de la persistance rétinienne, le thaumatrope ou « roue prodi-

gieuse » que conçut en 1825 le docteur Paris — un disque illustré sur chacune de ses faces, qu'on faisait tourner très rapidement au moyen d'une ficelle tendue de part et d'autre, comme ceci : —O—, si bien que les deux dessins finissaient par se superposer sur la rétine du spectateur —, eh bien, la toute première de ces roues prodigieuses représentait sur une face un oiseau et sur l'autre une cage : de sorte que, par la grâce ou la malédiction de la persistance rétinienne, l'oiseau paraissait encagé alors qu'il ne l'était pas. Admirable symbole !)

Netteté, continuité, illusion : trois caractéristiques du regard que mes compatriotes portent sur A. N. C'est un héros : netteté. Il l'est de bout en bout : continuité. Les interstices de sa vie (ces quelques fractions de seconde durant lesquelles notre œil ignore la vérité du monde) ne sauraient être qu'héroïques : illusion. Si puissante est la persistance rétinienne, dans le cas d'A. N., qu'il ne tombera jamais de son piédestal : leurs yeux ne le permettront pas. « On leur a si fort saisi la croyance qu'ils pensent voir ce qu'ils ne voient pas » (Montaigne). Ils toléraient déjà mal, sur mon petit guéridon en acajou, la présence d'une autre image d'A. N. Elle ne dure pas quelques fractions de seconde, la persistance dont je parle, cette loi morale que je tente de m'expliquer ; elle dure des années, elle dure des siècles. Et c'est une illusion d'autant plus difficile à détruire que l'époque est troublée, car le goût de ce qui est net et continu ne se fait jamais tant sentir que parmi des êtres confus et en des temps chaotiques.

P.-S. Pourquoi la reliure des bloc-notes est-elle toujours orange ?

En refermant le calepin, North songea que Sylvia aussi, d'une certaine manière, avait été encagée par la persistance rétinienne. Quand North avait fait sa rencontre, c'était une artiste d'une quarantaine d'années qu'on présentait comme finie : son œuvre, murmurait-on, n'avait pas su tenir les promesses d'*Ostracismes*, une série de seize toiles que Sylvia avait peintes à l'âge de vingt-trois ans. Chacune représentait une huître sur un fond lisse, gris clair, où tremblaient les reflets roses d'un ciel crépusculaire. Le contraste de ces aplats paisibles et doux avec la concrétion nacrée du premier plan produisait une répulsion qui ne vous lâchait plus. On s'approchait des huîtres. Parfois fermées, le plus souvent ouvertes, toujours isolées ainsi que des météorites tombées en plein désert, elles fascinaient. On avait envie de les toucher. L'épaisseur de la peinture, le jeu des consistances et des couleurs, le contraste du dur et du mou, du clair et de l'obscur, du dedans et du dehors, ce mystère d'une vie sans vie, tout soulevait le cœur et l'esprit avec la souveraine puissance d'un drame essentiel. « Elles ont l'air plus vivantes que dans l'assiette ! glapissaient des femmes affolées par la secrète volupté des nausées. On croirait les sentir ! » D'autres, plus courageuses, y plantaient les yeux comme dans un miroir. La critique était enthousiaste. On évoquait « l'enfant caché de Francis Bacon et de Chardin » ; on décrivait *Ostracismes* comme « une interrogation philosophique sur le concept de nature morte » ; certains voyaient en l'huître, issue d'un engendrement sans copulation, la métaphore parfaite de l'œuvre d'art.

Écrasée par ce succès précoce et tapageur, Sylvia avait tenté, par la suite, de changer sa manière. En vain : ce n'était pas ce qu'on attendait d'elle. On passait son travail sous silence ; ses toiles ne se vendaient plus. Toujours on la présentait comme « la Maîtresse des huîtres ». Inlassablement, malgré ses efforts, on la renvoyait à son image première. On n'admettait pas qu'elle change. Refaites-nous donc quelques bourriches ! disaient en lui tapant sur l'épaule des marchands d'art au sourire goguenard. Le pire est qu'elle avait fini par en faire, après des années de résistance obstinée, pour entendre à nouveau parler d'elle — pour se donner l'illusion d'exister encore, car elle avait atteint ce tragique *entre-deux-âges* où certains êtres, ayant usé leur jeunesse et leur énergie à démêler la vérité de l'illusion, se mettent, soudain pris de panique, à courir après ces mêmes illusions que jadis ils méprisaient ; et la conscience qu'ils ont de pourchasser des illusions, loin de les dissuader, ne fait que redoubler l'acharnement de leur course. Cette défaillance avait produit l'effet escompté : on avait reparlé de Sylvia Wang. Mais pour dire qu'elle se pastichait elle-même : ses huîtres n'étaient plus ce qu'elles étaient ; décidément, elle ne parvenait pas à se renouveler.

— La femme qui peint des huîtres... Tu sais quand ils me verront autrement ? avait-elle demandé un jour à North.

Dans sa voix rôdait la torpeur mélancolique qui s'emparait d'elle aux heures où le soleil cognait trop fort. North avait secoué la tête.

— Quand les poulpes auront des gants.

C'était aussi pour cette raison, North en était persuadé, et pas uniquement à cause de la maladie, que Sylvia avait choisi le néant d'une cage d'escalier trois jours avant son cinquantième anniversaire. La volonté d'en finir avec la douleur n'expliquait pas tout. Il y avait, de l'autre côté de la rampe, l'appel d'un acte indiscutable et qui ne dépendait que de son auteur. Plus personne, désormais, ne pourrait nier que Sylvia avait fait autre chose. Elle serait « cette artiste qui peignait des huîtres *et qui s'est suicidée* ». Quelques mots de plus dans la mémoire des hommes. Le suicide de Sylvia, autant qu'une fuite, était une affirmation : l'affirmation de sa liberté. La cage d'escalier l'affranchissait une fois pour toutes de son encagement dans la rétine des autres. Du moins était-ce ainsi que North comprenait maintenant cette mort dont l'annonce l'avait, à l'époque, plongé dans la tristesse et la stupéfaction.

NOTES ORANGE (25/03)

Le suicide est-il le seul moyen d'échapper à la persistance rétinienne ? En d'autres termes : une personne qui en aurait le désir a-t-elle la possibilité de cacher sa vie dans une société telle que la nôtre ? Je crains que non.

Il est pourtant indéniable que les traces *de notre passage sur terre n'ont fait que s'estomper au fil des siècles : excréments engloutis dans les profondeurs collectives de l'égout, odeurs étouffées par les parfums et les désodorisants, inhibition de la flatulence et de l'éructation, substitution de l'argent inodore et anonyme à la matérialité précise du troc, substitution de la route insondable à la terre porte-empreintes, uniformisation de la graphie par la disparition progressive de l'écriture manuelle, uniformisation des corps par la chirurgie esthétique, croissance de l'incinération aux dépens de l'inhumation, etc. L'homme, c'est peut-être en cela qu'il se distingue de l'animal, est celui qui parvient à effacer ses traces.*

Mais parallèlement à cet effacement progressif des traces, les archives *que tout un chacun laisse derrière soi ont connu une inflation non moins spectaculaire : actes notariés, registres d'état civil, pièces d'identité, factures, opérations bancaires, téléphonie mobile, disques durs, sites internet, caméras de surveillance, vidéos amateurs, et ainsi de suite.*

L'homme des temps préhistoriques ne laissait derrière lui aucune archive, mais pléthore de traces. Je ne laisse pour ainsi dire aucune trace, mais pléthore d'archives. Nous nous ressemblons, lui et moi, en ce que ni lui ni moi ne maîtrisons ce que nous laissons derrière nous. Ce qui fait de nous des proies. Les âges où nous sommes dépassés par la masse de ce que nous laissons derrière nous sont des âges de peur. Ce sont des âges où les hommes, tout absorbés qu'ils sont par la surabondance des signes — traces ou archives —, ne se parlent pas, ne se regardent pas, se connaissent *moins qu'ils ne se* traquent*. Ce sont des âges sans historiens, car si l'absence d'archives est préjudiciable à l'historien, leur pléthore l'est tout autant (il n'est pas éloigné, le jour où le biographe sera condamné à revivre* in extenso *la vie de son sujet). Ce sont donc des âges de croyance. Des âges où prolifèrent les récits et les mythes. Ce sont des* *aubes : rien n'est plus effrayant, ni plus aveuglant, ni plus propice à la croyance qu'une aube.*

— Monsieur North ? Le docteur est venu vous parler.

Il leva les yeux vers l'infirmière qui s'effaçait, le dos collé au mur, pour céder le passage au médecin-chef. En voyant celui-ci marcher vers lui d'un pas brusque et sérieux, North pressentit que les heures orange touchaient à leur fin.

7

Une dizaine de jours plus tard, aux premières heures du dimanche de Pâques, alors qu'étendu sur son lit North passait en revue les différents moyens dont il disposait pour mettre fin à ses jours, se poserait à lui — assez inattendue pour suspendre un instant le cours de ses pensées — la question de savoir pourquoi au juste il avait accepté la proposition du médecin-chef.

En entrant dans l'infirmerie, celui-ci avait d'abord soumis North aux questions ordinaires : se sentait-il reposé ? Pas de maux de tête ? Pas de courbatures ?

— C'est bien, avait-il conclu en tapotant le rebord du lit, c'est très bien.

Cela faisait deux jours déjà que North s'entendait congratuler sur son état de santé.

— Parfois, avait ajouté le médecin-chef, on ne fait qu'une seule crise. Une seule ; ça arrive. Avec un peu de chance ce sera votre cas.

Cela aussi, North l'avait déjà entendu.

— Hmmm... Les jours s'allongent en ce moment, c'est agréable...

On en venait à l'objet de la visite.

— Je me demandais... le projet Tirésias, ça vous dit quelque chose ?

Qui pouvait ignorer l'existence du projet Tirésias ? Depuis un an ou deux, Albert Walther — le ministre de la Justice — ne parlait que de cela. C'était le pilier de son combat contre la récidive en matière de délinquance sexuelle, combat dont il avait fait la « priorité numéro 1 » de son mandat. Ce projet se voulait « une alternative à la castration chimique » : on était revenu de cette dernière solution, dont la simplicité avait, dans un premier temps, enthousiasmé le gouvernement. Quelques expériences avaient en effet permis d'observer que, souvent, les individus soumis à de tels traitements avaient tendance à exprimer leur violence d'une autre manière, corroborant les réserves de nombreux psychiatres qui soutenaient qu'empêcher l'organe d'une pulsion de fonctionner ne revenait pas à supprimer la pulsion elle-même. Prenant acte des insuffisances du recours à la chimie hormonale, Walther et son entourage en avaient conclu que si les individus dangereux étaient voués à le rester, le plus simple était de prolonger indéfiniment la durée de leur incarcération par une peine dite « de sûreté ». Restait à distinguer ces individus dangereux, susceptibles de récidiver, du commun des délinquants sexuels. Tel était l'objectif du projet Tirésias : évaluer la dangerosité d'un détenu en fin de peine, jauger son potentiel de récidive, déterminer s'il pouvait ou non être remis en liberté.

— Ce sont mes collègues de l'Institut Morgenthau, avait repris le médecin-chef, qui ont été chargés d'élaborer les... protocoles... de Tirésias. Vous n'avez jamais entendu parler de l'Institut Morgenthau ? C'est un centre spécialisé dans le suivi psychologique d'un petit nombre de — comme on dit —, de délinquants sexuels... Une expérience assez intéressante... Leur objectif est que le malade parvienne à gérer lui-même ses facteurs de risque, qu'il réussisse, si vous voulez, à contrecarrer ses fantaisies déviantes par l'acquisition de stratégies adaptatives...

« Pourquoi tout ce baratin ? » se demandait North, méfiant.

— Enfin bref... Ils sont très au point, là-bas, très consciencieux... Et ils ont besoin d'un panel de volontaires, pour les protocoles de Tirésias... pour tester les tests, en quelque sorte... vérifier que tout fonctionne bien, affiner les outils, vous comprenez ? Un panel diversifié... Naturellement, ils ne peuvent pas réquisitionner leurs propres patients, vu qu'ils sont déjà en cours de traitement. Alors, ils se sont tournés vers l'administration pénitentiaire... Et j'ai pensé à vous, avait ajouté le médecin-chef après une pause destinée à souligner l'immensité du privilège. Vous passeriez une semaine sur le site de l'Institut plutôt que de retourner en cellule dès demain matin. Ça ne peut pas vous faire de mal, quelques jours de repos supplémentaires, non ? Enfin, à vous de voir.

Il avait dit *d'accord*, sans attendre plus longtemps que la poignée de secondes indispensables à l'apparence de réflexion qu'on attendait de sa part. Il appréhendait trop le retour en cellule. La perspective de retrouver Porsenna lui était insupportable. Surtout, il espérait tirer quelque bénéfice de son séjour à l'Institut. Il allait rencontrer des médecins, des experts, des hommes attentifs et curieux : sûrement l'un d'entre eux allait remarquer qu'il n'était pas un malade comme les autres? On allait enfin l'écouter, s'intéresser à lui, découvrir quel genre d'homme il était. Un condamné qui présentait les mêmes caractéristiques qu'un sujet sain, cela ne manquerait pas d'attirer l'attention.

Le médecin-chef avait hoché la tête.

— Votre transfert à l'Institut sera organisé dès demain matin. Je crois que je vous ai dit tout ce qu'il y avait à dire... Pas de questions? Alors, il ne vous reste plus qu'à signer ce document... c'est un formulaire de consentement...

Pendant que North parcourait le papier, les yeux du médecin-chef s'étaient posés sur le bloc-notes orange.

— Vous écrivez? De la philosophie? De la poésie?

North avait haussé les épaules, gêné.

— Mais c'est très bien, ça, très bien. J'ai le plus grand respect pour les gens qui écrivent... Allez! On se revoit dans une semaine. J'espère que tout se passera bien à l'Institut.

Pour la première fois, avant de sortir, le médecin-chef lui avait tendu la main. North ne connaissait même pas son nom.

Il était arrivé à l'Institut le lendemain matin, dans une des voitures vert et blanc de l'administration pénitentiaire.

C'était, vu de l'extérieur, un grand rectangle de brique beige, sans fenêtres, posé à la lisière d'un parc arboré. On avait guidé North parmi des couloirs déserts dont les murs de brique étaient fendus de meurtrières si étroites qu'elles ne laissaient filtrer qu'une lumière rare, jusqu'à la chambre qu'il occuperait durant son séjour. Elle était deux fois plus spacieuse que la cellule qu'il partageait avec Porsenna. Le sol était tendu d'un lino gris clair. La fenêtre, une baie vitrée avec de hauts barreaux, donnait sur la cour intérieure de l'Institut. Toutes les fenêtres, North n'avait pas tardé à s'en rendre compte, donnaient sur cette cour creusée dans le bâtiment. Trois niveaux, étagés en terrasse, descendaient, comme les gradins d'un stade, vers elle ; au centre de celle-ci se dressait, sans fonction apparente, un cube en aluminium. North avait détourné le regard. Cette architecture introvertie, répétitive et anguleuse, lui semblait l'image même de son existence.

Une infirmière était venue lui proposer une promenade dans le parc. North l'avait suivie, sentant sous ses pieds le linoléum poisseux des couloirs, puis, tandis qu'ils parcouraient une esplanade battue par les vents, un dallage incrusté de galets, et enfin la tendresse d'une pelouse. Celle-ci descendait en pente douce vers l'ombre humide d'un bosquet de cèdres. Au milieu des crocus fatigués perçaient les premières jonquilles. North avait marché jusqu'au mur d'enceinte du parc. L'infirmière, à ses côtés, ne disait rien. Elle avait les cheveux gris, frisés, épais, du rouge aux joues, et le regard très doux. Ils étaient restés en arrêt devant le tronc d'un cèdre où deux écureuils gris dessinaient une inlassable spirale, tour à tour ascendante et descendante. Parfois les écureuils se figeaient dans la soudaine immobilité d'un arrêt sur image avant de repartir de plus belle. L'un semblait-il pourchasser l'autre, soudain les rôles s'inversaient, de sorte qu'il était impossible de les distinguer.

— On va rentrer, avait enfin proposé l'infirmière.

Les tests avaient débuté le jour suivant. North s'était retrouvé dans une salle sans fenêtres, parmi une vingtaine de personnes qui s'épiaient du coin de l'œil : les volontaires. North songea qu'il devait y avoir parmi ceux-ci quelques sujets réputés normaux : des cobayes-témoins, dont on comparerait les résultats à ceux des individus déviants. C'était une condition indispensable à l'interprétation rigoureuse des tests. Il chercha à les repérer. Ce jeune homme, par exemple, assis à sa droite, n'avait-il pas, avec ses cheveux souples et ses lunettes cerclées, l'allure d'un étudiant en psychologie désireux d'arrondir ses fins de mois ?

Deux hommes s'étaient installés derrière une table où convergeaient tous les regards. L'un d'entre eux, costume bleu pétrole et cravate jaune, avait dit : je me présente, je suis le docteur Prokofiev, j'ai été chargé avec mon équipe d'élaborer les protocoles que vous êtes (et je vous en remercie très chaleureusement) venus tester.

— Nous allons commencer dès aujourd'hui, avait repris Prokofiev après une pause. Le docteur Sitruk ici présent va vous distribuer une série de questionnaires, cinq au total, que je vous demanderai de remplir en toute sincérité. Je vous rappelle (ce qu'en principe vous savez si vous avez lu le formulaire de consentement éclairé que vous avez signé avant de venir) que votre nom n'apparaîtra nulle part dans la publication des résultats. Nous avons pris à votre égard un engagement de confidentialité absolue. Les données recueillies au cours des jours à venir le seront exclusivement aux fins de la recherche.

Tandis que Sitruk distribuait les questionnaires, North sentait la nervosité le gagner. Cela lui rappelait l'époque où il passait des examens. Tout lui revenait par bouffées, les stylos bien disposés sur la table entre la bouteille d'eau et la montre dont la trotteuse n'a jamais paru si lente, les bouchons de mousse rose dans les oreilles d'une voisine paniquée, la distribution des sujets par des assesseurs qui se lèchent laborieusement l'index, mesdemoiselles messieurs bon courage...

— Je vais vous demander de commencer par la feuille bleue...

Le questionnaire avait pour titre : *Échelle révisée de la solitude sociale.*

— À côté de chaque question, vous voyez quatre lettres : J comme jamais, R comme rarement, P comme parfois, S comme souvent. Je vous demande, pour chaque question, d'entourer la lettre qui vous paraît correspondre à ce que vous ressentez. C'est clair ?

Quelques murmures et des hochements de tête.

— Question numéro 1 : *Vous sentez que vous n'avez personne à qui parler...* Jamais ? Rarement ? Parfois ? Souvent ? C'est bon ? Tout le monde a entouré une lettre ?

North avait hésité entre les quatre.

— Je passe à la question numéro 2 : *Vous avez l'impression que personne ne vous comprend...* Jamais? Rarement? Parfois? Souvent?

La simplicité des questions déconcertait North. Il s'était attendu à autre chose. Et pourquoi le docteur prenait-il la peine de lire à haute voix des questions écrites noir sur blanc?

— Question suivante : *Vous vous dites que cela fait longtemps que personne n'a pris de vos nouvelles...* Jamais? Rarement? Parfois? Souvent?

Le jeune homme aux lunettes cerclées que North prenait pour un étudiant leva la main :

— Monsieur? Docteur? Vous pouvez répéter la question?

Il ne savait pas lire.

Aux vingt questions de l'*Échelle révisée de la solitude sociale* avaient succédé l'*Inventaire de désirabilité sociale*, l'*Inventaire de dépression*, l'*Échelle des distorsions cognitives*, le *Questionnaire des intérêts sexuels* et l'*Échelle d'acceptation de responsabilité du délinquant sexuel*. À l'issue de la séance, quatre heures plus tard, les volontaires avaient été renvoyés dans leur chambre.

— Demain, nous passerons aux entretiens particuliers, avait lancé Prokofiev en guise de conclusion.

Au moment de quitter la salle, North avait essayé d'accrocher son regard, comme au temps où il recherchait la faveur de ses maîtres.

Son entretien n'aurait lieu que le surlendemain. L'attente, partagée entre un long sommeil et quelques promenades dans le parc, lui parut d'autant plus pénible qu'il redoutait cette confrontation. Il la redoutait, car il s'était senti mystifié par le docteur Lafaye, qui avait témoigné au procès : celui-ci, sur la base de quelques propos échangés à bâtons rompus, n'avait-il pas échafaudé des conclusions terribles et rigoureuses ? Mais il la redoutait surtout parce que c'était l'occasion ou jamais, lui semblait-il, d'attirer l'attention de Prokofiev. Il fallait se montrer à la hauteur. Il s'était préparé comme il avait pu en tentant d'anticiper les questions qui lui seraient posées — le formulaire de consentement contenait à cet égard des indications précieuses :

> La procédure comporte un entretien standardisé destiné à retracer l'historique de votre vie sexuelle. Afin de mieux comprendre votre problématique sexuelle, l'évaluateur, qui est un psychologue spécialisé dans le domaine de la délinquance sexuelle et un membre assermenté de l'ordre des psychologues, vous interrogera sur votre vie sexuelle et sentimentale, depuis votre enfance jusqu'aux faits pour lesquels vous avez été condamné. Les questions pourront également porter sur d'autres aspects de votre vie. Il est possible que le fait de relater votre histoire sexuelle vous amène à éprouver des sentiments désagréables. N'hésitez pas à en faire part à l'évaluateur, il pourra vous offrir un support thérapeutique lors de l'évaluation ou après celle-ci si vous le souhaitez.

Difficile toutefois d'établir une stratégie bien définie. Plus les heures passaient, plus s'en faisaient sentir le besoin affolé et, simultanément, la totale impossibilité.

Dans la salle affectée à l'entretien l'attendait un grand homme rouge, imberbe et chauve.

— Monsieur North ? Bonjour ! Je suis — asseyez-vous... — le docteur Danan, membre associé de l'équipe du docteur Prokofiev.

North s'était senti désarçonné, ayant toujours supposé, au cours de ses préparatifs imaginaires, qu'il aurait affaire à Prokofiev lui-même — son costume bleu, sa cravate jaune, sa voix rocailleuse. Pas une fois n'avait-il songé qu'il en irait autrement. Et puis que signifiait cette expression, « membre associé » ? Était-ce un synonyme de « sous-fifre » ?

— Le docteur Prokofiev va nous rejoindre ?

— Non, mon confrère est avec quelqu'un d'autre en ce moment. C'est moi qui mènerai l'entretien — asseyez-vous... —, à moins que cela ne vous pose un problème ?

— Ah, mais pas du tout ! avait protesté North avec d'autant plus d'énergie qu'il se sentait deviné.

— Bon ! Si vous voulez bien vous asseoir...

D'un haussement de sourcils combiné à une inflexion du menton, Danan désignait la chaise toujours vacante. Puis, voyant North prendre place, il avait griffonné quelque chose sur son carnet.

— Comme vous le savez, avait-il repris, cet entretien a pour but de nous aider à comprendre votre rapport à la sexualité... Je vous propose de commencer... par le commencement ?

— Mon enfance, mes parents, ma mère, c'est ça que vous voulez dire ?

— Je ne sais pas, c'est vous qui le dites.

— ...

— « Mes parents, ma mère » — vous pouvez m'expliquer ce... cette...?
Les mains de Danan évoquaient les deux plateaux inégaux d'une balance. Désireux de jouer le jeu, North avait, de fil en aiguille, évoqué les circonstances du mariage de ses parents : son père folâtre et dépensier — un playboy, disait-on —, ce père qui lui-même était encore un fils et ne serait jamais autre chose ; et la jeune ouvreuse de cinéma, qu'on épouse parce qu'il est trop tard pour faire autrement ; leur union vite fanée, père volage, jeune mère dépassée, union promise à une séparation sans cesse différée, jusqu'à ce qu'une mauvaise route de montagne n'enlace leurs corps dans une éternité de désamour.
Tandis que North évoquait les déguisements dont s'affublait parfois sa mère pour jouer avec lui et Joseph — pirate, sorcière, mousquetaire, princesse des *Mille et Une Nuits* :
— Avez-vous subi des abus sexuels au cours de votre enfance? l'avait soudain interrompu Danan.
— Qu'est-ce qui vous prend? Ma mère ne m'a jamais...
— Ah, je ne parlais pas spécialement de votre mère...
— Ni ma mère, ni mon père, ni mon grand-père... personne!
Il en avait déjà trop dit. Il se l'était promis avant le commencement de l'entretien : pas un mot. Cela faisait partie de sa stratégie. Il ne dirait pas un mot des caresses étranges que lui prodiguait parfois Axel North, à l'heure du coucher, lorsqu'il lui arrivait de passer la nuit chez ses grands-parents. Ce n'était pas dans son intérêt : les trois

quarts des délinquants sexuels devaient avoir une expérience similaire. On aurait vite fait de le cataloguer, de le ranger dans une case, et après, pour faire changer d'avis ces gens-là... Il répugnait d'autant plus à se confier que ce n'était pas le mot *abus* qui lui venait à l'esprit, les très rares fois où il y songeait, pour qualifier ces souvenirs honteux et fugitifs. Aucun mot, en vérité, ne lui venait à l'esprit. Plutôt des images, des sensations — la froideur un peu sèche des mains d'Axel North.

Danan avait griffonné une ligne ou deux dans son carnet, avec le même air d'entomologiste perplexe qu'au moment où North s'était assis devant lui.

— Donc, rien à signaler? Aucun problème? Tout est parfait?

North avait cru déceler, dans le regard et l'intonation du docteur, une sorte d'incrédulité insolente qui le mettait hors de lui. Mais peut-être sa perception des choses était-elle gouvernée par la conscience de son mensonge? Les sourcils froncés, il n'avait pas pris garde au silence qui s'installait.

— Monsieur North?

— Rien à signaler, non, aucun problème, tout est parfait.

Les termes de sa réponse, il s'en était rendu compte trop tard, calquaient exactement ceux de la question, par un effet de ce dédoublement intérieur qui pousse la plupart des menteurs à parler comme des automates et presque toujours à contretemps. Danan s'en était-il aperçu?

— Bon... Vous voulez bien me parler un peu de votre première expérience sexuelle?

— Vous voulez dire...?
— Je ne sais pas, vous considérez en avoir vécu plusieurs? Il n'y a pas eu qu'une seule première fois pour vous?
North s'était senti rougir. Danan avait flairé le mensonge. Et maintenant, il s'amusait, avec une cruauté féline, à en débusquer les contradictions. Tout en s'exhortant au calme, North avait entamé le récit de sa relation avec Sylvia.
— Vous aviez quel âge?
— Vingt ans...
— Et votre partenaire...
— Quarante.
— Ça vous a troublé?
— Pas spécialement. Je ne sais pas. C'est toujours un peu troublant la première fois, j'imagine.
— Vous ne vous êtes jamais interrogé sur cette différence d'âge?
North haussa les épaules.
— Votre mère vous a eu à quel âge?
— Vingt-deux ans.
— Vingt-deux ans, répéta Danan en hochant la tête. Je vois.
North n'ajouta rien. Il répugnait à entrer dans les détails de son histoire avec Sylvia.
— Votre dernier rapport sexuel, c'était il y a combien de temps? Une semaine? Un mois? Six mois? Un an? Je ne vous demande pas au jour près, hein, c'est juste pour avoir un ordre d'idées.
— Douze.

Il avait attendu aussi longtemps que possible avant de préciser :

— Douze ans.

« Prends-toi ça », avait-il pensé en voyant Danan consigner sa réponse avec une application excessive.

— Il vous arrive peut-être de pratiquer la masturbation ? À quelle fréquence ?

Et les questions succédaient aux questions, toujours plus anodines et toujours plus crues. *Quelles fantaisies vous inspirent le plus grand plaisir ? Éprouvez-vous parfois des problèmes d'érection ?* Enfin était arrivé l'instant décisif.

— Je vois dans votre dossier que vous avez été condamné pour le visionnage d'images pédopornographiques... C'est un sujet que vous n'avez pas mentionné jusqu'à présent, souhaitez-vous m'en dire un mot ?

— J'espérais pouvoir vous en parler, docteur, je suis sûr que vous allez comprendre. C'est mon avocat qui m'a conseillé de plaider coupable. Je ne les ai jamais regardées, ces images, moi. C'est mon avocat — Me Biasini —, il m'a expliqué que si je plaidais non coupable j'en prendrais pour cinq ans. Alors, j'ai fait comme il m'a dit, mais je n'ai jamais... Il faut que vous me croyiez, c'est... Vous le voyez bien que je ne suis pas comme les autres, non ? Vous vous en rendez compte, docteur ?

Danan avait pincé — là où la peau du cou, à partir d'un certain âge, commence à se distendre — un peu de cette chair fine, rouge et granuleuse qu'il roulait comme de la gomme entre le pouce et l'index. Puis il avait griffonné quelques mots sur son carnet, avant de demander :

— Pensez-vous que chacun ait le droit de vivre sa sexualité absolument comme il l'entend ?
— Mais qu'est-ce que vous insinuez ? Je suis en train de vous expliquer que je ne suis *pas* un pervers ! Arrêtez avec ça !
— Ah, je n'insinue rien, avait marmonné Danan qui ne cessait pas d'écrire. Avez-vous eu, ces derniers mois, des problèmes de santé ? Des problèmes financiers ? Des problèmes d'addiction — médicaments, drogue, alcool ?

North avait secoué la tête, machinalement, en murmurant :

— Aucun problème, non...

Sa supplique avait laissé Danan indifférent. L'entretien lui filait entre les doigts et il ne savait pas quoi dire pour changer la situation. Il avait envie de tout reprendre de zéro.

— Très bien, je vous remercie.

Danan avait fermé le capuchon de son stylo. C'était fini.

Les quelques minutes restantes avaient été consacrées à la préparation du test que North allait passer le lendemain. Danan avait fait défiler sous ses yeux une centaine de visages, dont il était censé évaluer l'attrait sur une échelle de 1 à 10.

— L'objectif, avait expliqué le docteur, est de constituer, à partir des réponses que vous nous donnez en ce moment, une sorte de portrait-robot de votre préférence sexuelle — couleur des yeux, texture des cheveux, ossature du visage, forme des lèvres, etc.

En voyant Danan se lever pour le raccompagner jusqu'à la porte, North avait risqué une ultime tentative :

— À propos de ce que je vous ai dit, docteur... Vous me croyez ?

— Mon métier, monsieur, n'est pas de vous croire mais de vous écouter. Soyez assuré que je l'ai fait.

Avec une énergie d'animal aux abois, North avait reporté tous ses espoirs sur le dernier test — celui auquel Prokofiev et son équipe semblaient attacher le plus d'importance. Le formulaire de consentement, quoique assez explicite, le laissait perplexe :

> Lors de la séance d'évaluation psychophysiologique, votre degré d'excitation sexuelle sera mesuré à l'aide d'un petit appareil constitué d'une mince courroie de caoutchouc contenant du mercure que vous installerez, en privé, autour de votre pénis. L'appareil que vous utiliserez aura préalablement été désinfecté.
> Les stimuli auxquels vous serez exposé sont constitués d'images de synthèse accompagnées de bandes sonores.
> L'évaluation se déroulera dans un laboratoire constitué de deux pièces adjacentes : la pièce où vous serez installé, et celle où l'évaluateur enregistrera vos réactions. La communication entre les deux pièces se fera par le truchement d'un interphone. Il n'y a pas de caméra dans le laboratoire.

North avait beau lire et relire ces quelques lignes, il ne parvenait pas à se représenter ce qui l'attendait. Son ignorance en matière technique obscurcissait son imagination.

Aussi était-ce avec une curiosité mêlée d'appréhension qu'il avait suivi le lendemain matin l'infirmier chargé de l'escorter jusqu'au laboratoire. On l'avait fait asseoir dans une pièce étroite et tout en longueur. Aux murs et au sol, le même carrelage anthracite. Sur le mur du fond était tendu un écran de projection. L'infirmier était revenu un instant plus tard, les mains gantées de latex, muni d'un appareil qui ressemblait, en plus petit, à celui dont se servent les médecins pour mesurer la pression artérielle. Après avoir effectué quelques branchements, il avait remis à North un anneau en caoutchouc.

— Maintenant, je vais vous laisser installer l'extensomètre. Essayez de le faire descendre le plus possible vers la base du pénis. Ça risque de serrer un peu mais c'est normal. Vous pouvez vous déshabiller si vous trouvez que c'est plus commode. Quand vous serez prêt, signalez-le à voix haute pour entrer en relation avec l'équipe du laboratoire. D'accord ?

Après le départ de l'infirmier, North avait glissé l'anneau à l'endroit indiqué. Il avait préféré garder son pantalon sur lui, ce qui ne rendait pas la manœuvre plus aisée. Cinq minutes plus tard il annonçait qu'il était prêt.

— Parfait, avait répondu une voix où North croyait reconnaître le grain ferme et débonnaire de Prokofiev. Je vérifie de mon côté que tout est bon... Oui. Deux mots d'explication sur cette procédure quelque peu... invasive. L'anneau que vous venez d'installer est un extensomètre au mercure. En cas d'érection, l'anneau s'étire, ce qui entraîne une diminution de la colonne de mercure contenue à l'intérieur, et par conséquent une baisse de la conductibilité électrique. Vous me suivez ? L'appareil auquel est raccordé l'extensomètre enregistre les moindres variations de conductibilité électrique, ce qui nous permet de mesurer très précisément la réponse pénienne aux stimuli proposés — en d'autres termes, les degrés de votre excitation sexuelle. C'est clair ?

— Oui...

Le cœur de North battait plus vite.

— Cette évaluation sera combinée à un suivi oculomoteur, c'est-à-dire à un calcul de la direction et du mouvement de votre regard à chaque instant du test. Sur la tablette qui se trouve à droite de votre fauteuil il y a un visiocasque. Vous le voyez ?

— Oui.

— Vous le passerez quand je vous le demanderai. Maintenant je vais allumer l'écran...

Les spots encastrés dans le plafond s'étaient éteints l'un après l'autre et le mur du fond était devenu éblouissant.

— Je sais que le dispositif peu paraître intimidant, mais au fond, c'est comme une séance de cinéma. Essayez de vous détendre. Je vous rappelle que, dans le laboratoire où je me trouve, je ne peux pas vous voir. Personne ne vous surveille, vous êtes parfaitement isolé. Il n'y a aucune communication entre la salle d'examen et le laboratoire ; absolument aucune. Je n'ai accès qu'à une transcription informatique de vos mouvements oculaires ainsi qu'à un suivi de la conductibilité de l'extensomètre. Je n'attends rien de spécial de votre part. En fait, je ne vous demande qu'une seule chose : c'est de ne pas fermer les yeux.

— Oui.
— La séance dure environ une demi-heure.
— D'accord.
— Vous pouvez passer le visiocasque. Commencez par les écouteurs...

Les écouteurs en cuir souple, rembourrés de mousse, sentaient le neuf — une odeur que North avait toujours mal supportée.

— Et maintenant, ajustez les lunettes... Parfait... si vous voulez bien regarder vers la droite... vers la gauche... vers le haut... vers le bas... Très bien... On va pouvoir commencer... N'ayez pas peur, il ne va rien vous arriver... Et bon courage!

L'intérieur d'un appartement, en vue subjective. Décor dépouillé : moquette rouge, canapé de cuir beige, table basse à plateau de verre. Un meuble d'angle où sont entassés quelques livres. Au mur, une peinture abstraite dont les tons fauves rappellent la moquette. Paraît un pantin, semblable aux mannequins qu'on voit dans les magasins, sans caractère sexuel marqué. North le considère distraitement. Le pantin fait quelques pas puis disparaît.

Au même moment, dans la pièce voisine, le docteur Prokofiev commente le déroulement du test à l'intention d'un homme vêtu d'un costume gris et d'un gilet de flanelle rouge. C'est le directeur de cabinet d'Albert Walther, qui s'est inopinément invité à l'Institut pour suivre le développement des protocoles de Tirésias.

— Ce qui vient d'apparaître à l'écran, c'est le pantin-témoin. Cela nous permet d'enregistrer les marqueurs spécifiques de l'indifférence sexuelle chez l'individu soumis au test. C'est très important pour la suite, vous verrez. L'extensomètre révèle une réponse pénienne infime, et le suivi oculomoteur présente les caractéristiques d'une totale absence de trouble : les mouvements de l'œil, retranscrits en temps réel sur notre écran de contrôle — vous voyez les lignes rouges, monsieur le Directeur de cabinet ? —, les mouvements de l'œil sont très fluides : pas de saccades marquées, pas de fixations prolongées. En principe, ça ne devrait pas tarder à changer...

Survient une femme. Petite, menue sans être maigre, la chair pâle et dense. Noirs, mi-longs, légèrement frisés, les cheveux encadrent un visage mutin. Au coin de l'œil gauche, un grain de beauté rehausse la limpidité du regard. Elle porte une robe profondément décolletée, d'un rouge aussi vif que son rouge à lèvres. Elle s'avance vers North en le regardant droit dans les yeux. Sans cesser de marcher, elle croise les bras devant son corps, s'empare de sa robe et la retire en déployant avec une fluidité de danseuse ses bras vers le ciel. Elle ne porte rien d'autre. Ses seins semblent maintenus par quelque soutien-gorge invisible. Au-dessous le ventre s'incurve et descend vers ce que North considère en déglutissant. Il éprouve une excitation machinale et humiliante, un désir sans désir qui lui rappelle l'époque où, après la mort de Sylvia, il visionnait des films spécialisés. Quelques soupirs contenus, évocateurs du plaisir féminin, emplissent les écouteurs. L'inconnue se plante devant lui, provocatrice et dédaigneuse, le poing sur la hanche. Puis, comme dans un défilé de mode, elle fait volte-face. North la regarde s'éloigner.

Dans le laboratoire adjacent, le directeur de cabinet rajuste sa cravate en se raclant la gorge.

— Ce que nous venons d'enregistrer, monsieur le Directeur de cabinet, c'est la réaction-type du désir hétérosexuel : d'abord au niveau de la stimulation pénienne, qui est assez puissante ; ensuite parce que le regard se caractérise par des fixations prolongées sur les zones privilégiées du désir : les seins, les cuisses, le sexe, les fesses. Et puis les mouvements oculaires, vous voyez, sont d'une très faible amplitude : c'est un regard curieux, qui avance par sauts de puce, un regard d'explorateur, si vous voulez.

À peine la femme a-t-elle quitté la pièce que surgit un homme sans âge, brun, élancé, la peau mate, le visage grave et taciturne. Une sombre incandescence confère à sa physionomie l'amertume altière des Gitans. Il porte un peignoir-éponge et ses cheveux sont mouillés. L'homme se dirige vers le canapé. Gracile mais pas fluet. Presque imberbe et cependant viril. La forme des omoplates se dessine sous le peignoir. À présent assis sur le canapé, les jambes croisées, un bras étendu le long du dossier, l'homme semble considérer North avec attention. Un souffle régulier gonfle sa poitrine. Son pied bat la mesure de la bossa-nova diffusée par les écouteurs. La cheville est fine, les ongles des orteils nets et polis. Le peignoir découvre peu à peu les épaules, le torse, les hanches, les cuisses. North n'a jamais vu d'homme nu, sauf au cinéma, jamais aussi longtemps ni aussi franchement. Son regard zigzague aux quatre coins de l'appartement. La toile abstraite, la table basse, le meuble d'angle, le canapé beige et ses coussins chocolat attirent successivement ses yeux.

— La réponse pénienne, explique Prokofiev, quoique très faible, est légèrement supérieure à ce que nous avons observé avec le pantin-témoin. Mais le regard évolue de manière très différente : c'est un regard mobile, très saccadé. L'oculométrie indique plusieurs fixations brèves combinées à des mouvements de grande ampleur, vous voyez, les lignes rouges balayent la quasi-totalité de l'écran, en particulier les angles, tout ce qui *n'est pas* de la chair nue. C'est un regard qui ne sait pas où se poser, un regard affolé, assez caractéristique d'une certaine fébrilité. Un regard homosexuel plus assumé, monsieur le Directeur de cabinet, aurait plutôt tendance à se fixer longtemps sur les zones traditionnelles de l'attraction sexuelle.

Quelques instants plus tard paraît une petite fille de cinq ou six ans, souriante et nue. North déglutit. Il sait que c'est l'instant crucial.

— Je vous ferai remarquer que le recours à l'imagerie de synthèse lève tous les problèmes déontologiques liés à la représentation d'enfants nus, murmure avec satisfaction Prokofiev.

Le directeur de cabinet marque son approbation d'un hochement de tête.

La fillette reste immobile. North regarde fixement son visage. Il se souvient des endives braisées que servait souvent sa mère le dimanche soir. L'âcreté des endives, le dimanche soir, après une journée passée à entendre ses parents se disputer. Voilà ce à quoi il pense, sans quitter des yeux la tête de l'enfant qui tourne lentement sur elle-même. Il y pense si fort qu'il lui semble retrouver dans le dédale de ses papilles le souvenir de ce goût qui est pour lui celui des vies amères. La fillette s'éloigne, comme à regret. North garde les yeux fixés sur sa nuque.

— Dans une telle situation, le sujet sain réagit comme ce monsieur l'a fait tout à l'heure en présence du mannequin mâle, c'est-à-dire par une stimulation pénienne infime associée à un regard affolé : fixations très brèves, mouvements de grande ampleur, balayage de la quasi-totalité du champ visuel. Un enfant nu, c'est quelque chose que nous ne voulons pas voir. Dans le cas du sujet atteint de désirs pédophiles, il faut distinguer deux cas de figure, que l'on peut corréler au quotient intellectuel et au degré d'intégration sociale. Les individus déficients, peu éduqués, marginaux, défavorisés, etc., se caractérisent par la transparence de leur désir : réponse pénienne éloquente, fixations prolongées sur les zones érogènes. Ce n'est pas ainsi qu'a réagi cet individu. On observe au contraire une fixation exclusive sur la tête de l'enfant, combinée à une réponse pénienne *plus faible encore que face au pantin témoin*, vous vous souvenez, le mannequin de la première séquence : en d'autres termes, nous avons affaire à une répression délibérée de l'excitation sexuelle, dans le but de truquer l'évaluation. La dissimulation du désir sexuel nécessite une intense concentration qui se manifeste par la fixité anormale du regard. Je dois avouer, monsieur le

Directeur de cabinet, que c'est quelque chose dont nous sommes particulièrement fiers, dans l'équipe, parce qu'aucun des protocoles conçus à ce jour ne permettait de prendre en compte cet élément pourtant essentiel : la volonté de maîtriser la situation, de ruser avec le test.

— Mais, docteur, n'est-il pas normal, de la part d'un individu qui a déjà été condamné, de se méfier de ses propres instincts ? Je veux dire : est-ce qu'un sujet guéri ne réagirait pas de la même manière ?

— Le contrôle sur soi peut en effet faire partie du processus de guérison. Mais seulement en tant qu'étape, pas à titre de preuve. Et encore s'agit-il d'un signe ambigu, puisqu'un pervers pourrait se comporter de la même manière. Le principe de précaution nous oblige donc à ne considérer comme guéris que les sujets présentant la même réaction qu'un sujet sain. C'est un cas de figure qui existe, nous en avons déjà répertorié deux dans notre panel. Et puis, vous le savez, ce test est corrélé à d'autres qui permettent de cerner le profil psychologique : avons-nous affaire à un individu stable ou non ? Sommes-nous en présence d'un manipulateur ? Pour revenir à cet individu, par exemple, les tests écrits qu'il a passés corroborent mon interprétation — regardez les résultats : *Q.I. largement supérieur à la moyenne, habileté sociale élevée*, etc. Le rapport de mon confrère, le docteur Danan, va dans le même sens. Il a rencontré cet homme hier, dans le cadre d'un entretien personnalisé. Voici un extrait de ses conclusions : ... *À un total déni de responsabilité s'ajoute enfin une tendance prononcée à la manipulation de l'interaction sociale : alternance flatterie/agressivité, remise en question des présupposés de l'entretien (refus de s'asseoir, etc.), rétention systématique.* Cet homme n'est pas guéri, il cherche à passer pour guéri. Les récidivistes les plus dangereux, ce sont les gens comme lui. Ce sont les plus résolus, les plus habiles, les plus difficiles à coincer. Nos protocoles ont été conçus pour que ces gens-là ne puissent plus passer entre les mailles du filet. Je suis sûr que le ministre sera heureux de l'apprendre.

De l'autre côté de la cloison, les écouteurs diffusent de la musique de chambre. Enfin l'écran s'éteint, les lumières se rallument.

— C'est parfait, je vous remercie, dit la voix dans l'interphone. Vous pouvez vous désinstaller. L'infirmier viendra vous chercher quand vous serez prêt.

Les volontaires avaient été rassemblés quelques jours plus tard. Prokofiev, costume bleu, chemise rose, s'était félicité du succès de l'opération. Non seulement les tests avaient départagé les cobayes-témoins et les délinquants sexuels avérés — condition sine qua non de leur viabilité —, mais ils permettaient d'établir un « indice de déviance » simple, fiable, opératoire, véritable clef de voûte du projet Tirésias.

— Grâce à cet indice, les autorités auront enfin les moyens de savoir au cas par cas s'il est *responsable* ou non de laisser sortir un délinquant sexuel à l'issue de sa peine de prison. En coopérant avec nous, en contribuant à l'expérimentation des protocoles de Tirésias, vous avez aidé à protéger les femmes et les enfants de notre pays. Grâce à vous, nos rues seront plus sûres. C'est pourquoi, au nom de toute l'équipe, j'exprime à chacun d'entre vous ma gratitude et mon admiration.

Après quelques murmures clairsemés, Prokofiev avait ajouté :

— Concernant ceux d'entre vous qui nous ont été envoyés par l'administration pénitentiaire... Votre transfert aura lieu après le week-end de Pâques. Vous resterez donc avec nous jusqu'à mardi matin.

En regagnant sa chambre claire et grise, North espérait encore qu'on viendrait le chercher dans l'après-midi : « Le docteur Prokofiev voudrait vous voir », lui dirait-on, ou bien : « Suivez-moi, c'est au sujet des tests. » On n'allait tout de même pas le renvoyer en prison. On ne pouvait pas lui faire ça. Retrouver Porsenna ? La pensée lui coupait les jarrets. On viendrait le chercher. D'un instant à l'autre. Mais il n'avait reçu que la visite de l'infirmière en charge de la promenade. Dans le parc, les jonquilles étaient chaque jour plus nombreuses.

— Qu'est-ce qu'elles poussent vite ! avait remarqué North.

— C'est le printemps.

Ils avaient marché jusqu'aux grands cèdres, au fond du parc. Aucun écureuil ne s'était montré dans les branchages. L'averse les avait surpris tandis qu'ils s'apprêtaient à regagner la clinique : une pluie hargneuse et brusque, comme il en tombe souvent en cette saison. Ils avaient attendu, à l'abri du cèdre, que cela passe. L'infirmière avait sorti une cigarette.

— Vous permettez? avait-elle demandé, le pouce déjà posé sur la roue du briquet.

— Bien sûr.

La fumée de la cigarette s'était mêlée à l'odeur bleue des cèdres. Les bras croisés, bercé par la crépitation de la pluie, North avait pour la première fois songé qu'une autre issue était possible. « S'il ne se passe rien d'ici lundi, se répétait-il en humant les premières exhalaisons de la terre mouillée, lundi, tout peut s'arrêter lundi si je veux. »

Cette idée devait prendre au fil des heures un tour de moins en moins abstrait. Ainsi, aux premières lueurs du dimanche de Pâques, North était-il en train de se demander ce qui, d'un drap de lit, d'un lacet de chaussure ou d'une cordelette de jogging ferait le mieux l'affaire — il s'était décidé la veille en faveur de la pendaison, moins hasardeuse que le sectionnement des veines —, lorsqu'il entendit frapper à la porte :

— Monsieur North! disait une voix d'homme, monsieur North! Vous avez de la visite — c'est urgent!

8

La voiture sentait le neuf. Cette odeur, qui lui avait toujours été désagréable, en particulier lorsqu'elle se combinait à celle de l'essence, tira North de son hébétude. Le dégoût lui plissa le visage.

— Tout va bien? demanda Biasini en faisant glisser une ceinture de sécurité le long de son ventre énorme.

North fit oui de la tête. Parler — il n'était pas prêt. Il ne savait pas quoi dire. Il n'avait encore rien dit depuis qu'il avait ouvert la porte de sa chambre. Tout s'était passé comme dans un de ces rêves confus, rapides et avortés que l'on fait entre deux sonneries du réveille-matin, lorsqu'on dort moins qu'on ne fuit le jour qui vient. L'avocat l'attendait dans le couloir, les traits tirés, encadré de quelques blouses blanches auxquelles North n'avait pas prêté attention.

— Je suis passé à la prison récupérer vos effets personnels, avait dit Biasini.

Il brandissait une parka verte que North n'avait pas reconnue sur-le-champ. Alors l'avocat avait prononcé ces mots qui flotteraient à tout jamais, nimbés d'un aveuglant halo d'imprécision, dans la mémoire de North ; quelque chose comme :

— Le juge d'application des peines a ordonné ce matin votre libération immédiate. Je vous expliquerai tout ça dans la voiture. Venez, on y va.

Déjà il l'entraînait par le bras. North l'avait suivi, docile et stupéfait, dans les couloirs de l'Institut. Son regard avait croisé des visages familiers — l'infirmière de la promenade, le docteur Prokofiev, cela lui revenait à présent que la voiture s'éloignait lentement de l'Institut —, mais son cerveau ankylosé n'était pas parvenu à les identifier. Il regretterait, plus tard, de n'avoir pas salué l'infirmière.

Il avait senti quelques instants sur son visage la fraîcheur humide du matin. Le jour se levait sur le parc de l'Institut. Biasini l'avait aidé à enfiler sa parka.

— Vous allez prendre froid.

Il s'était souvenu, en passant le vêtement, qu'il le portait le jour de son procès.

— La voiture est garée là-bas.

Une berline noire à vitres teintées. À l'approche de North, un homme vêtu de noir, qui fumait une cigarette, avait écrasé son mégot et ouvert la portière.

La voiture roulait au pas le long d'une allée bordée de platanes. On approcha d'une intersection. Le clignotant émit son bruit d'insecte. North se retourna juste à temps pour voir la masse anguleuse et beige de l'Institut disparaître derrière les arbres. La voiture s'engagea sur une route de forêt, sinueuse et déserte. North, bercé par les virages, regardait par la fenêtre défiler les troncs d'arbres — hêtres, trembles, bouleaux.

— Alors, dit-il enfin, c'était un virus ?

Biasini fit un signe de dénégation.

— Un hacker ?

— Non. Écoutez-moi bien, Damien.

Il y avait dans sa voix quelque chose de rude et d'oppressé. C'était la première fois qu'il appelait North par son prénom.

— Hugo Grimm, votre collègue, a envoyé une lettre à la police hier. En voici une copie, dit-il en sortant de la poche de sa veste une liasse de feuilles pliées en quatre. Il raconte dans le détail comment il a... enfin... comment il vous a... il *nous* a...

North arracha la liasse des mains de l'avocat.

— Je ne suis pas sûr que ce soit une bonne idée, Damien, dit Biasini en essayant de récupérer les papiers.

Mais North le repoussa d'un geste brusque.

— Vous verrez, c'est une drôle de prose...

1°) D'autres ont célébré mieux que je ne saurais le faire la fugitive et gracile beauté des nymphettes... D'ailleurs, quand bien même j'en aurais envie, je n'aurais tout simplement pas le temps d'évoquer à ma guise les clavicules d'une enfant de douze ans. D'abord parce que le charme d'un tel spectacle est inépuisable; ensuite parce que je suis obligé de faire VITE. *Si un jour — à Dieu ne plaise! — je dois moisir entre les parois d'une cellule, alors peut-être me risquerai-je à composer mes propres oraisons. Qu'il me suffise pour le moment d'indi-*

quer que j'ai toujours été excessivement sensible à ce genre de beauté, au point d'en éprouver des désirs que la morale réprouve. J'ajouterai pour finir que c'est mon affaire et que cela ne regarde que moi!!!

2°) Avant la diabolique invention d'internet, je me contentais de rôder aux abords des courts de tennis du parc Saint-Louis, à l'heure des leçons. Je garde un souvenir particulièrement ému du jeudi matin, 9 heures/11 heures, court numéro 6. Il y avait un groupe d'une demi-douzaine de jeunes filles plus ravissantes qu'un vol de palombes. Elles portaient toutes des jupes plissées blanches. Assis sur un banc, je les regardais jouer; je me délectais du spectacle de leurs chevilles, de leurs épaules, de leurs clavicules, de leurs jarrets, de leurs genoux parfois ensanglantés. L'une d'entre elles, pour imiter je ne sais quelle championne alors au firmament, scandait chacun de ses coups d'un cri semblable au pépiement d'un oisillon. J'étais au comble du bonheur. Au fond, vous voyez, je ne demandais pas grand-chose.

3°) Et puis je découvris l'Épuisette Miraculeuse. D'instinct je pressentis que dans les profondeurs de cette toile réticulée grouillaient des centaines de milliers de crevettes, des bancs entiers de nymphettes, des californies de clavicules! Quelques timides incursions dans les bas-fonds du web suffirent à me persuader que la manne était là, toute proche, à portée de la main. Mais la prudence me retenait d'aller au bout de ma curiosité. Le dernier avertissement, la dernière mise en garde, je n'avais pas le courage de les outrepasser. Je craignais d'être pris en faute. J'avais peur. Pour moi. Pour ma femme. De longues années durant, la peur combattit avec succès la tenta-

tion. Ou peut-être était-ce ma conscience *qui m'empêchait de passer à l'acte ? (Entre nous j'en doute, mais il vaut mieux que je me concilie les amis de l'humanité — ce sont les plus féroces quand ils deviennent méchants !)*
J'avais beau résister, je surfais de plus en plus près des plates-formes de la dépravation. Oh, j'ai tout essayé pour ne pas céder : le dérivatif de la pornographie ordinaire ; les tranquillisants ; et autres remèdes non moins avilissants que le mal qu'ils sont supposés combattre. J'ai même tenté d'installer un logiciel de contrôle parental, en demandant à Evelyne d'en définir le mot de passe. Pour justifier ma démarche, je feignis une violente addiction aux paris en ligne, enveloppés par ledit logiciel dans la même réprobation que la pornographie infantile et les sites négationnistes. En vain. Je me débattais dans internet comme un pépin de tomate dans le tourbillon d'un évier : une force irrésistible m'entraînait vers le fond, parmi les déchets et les débris.
4°) J'avais pris l'habitude, lorsque la tentation devenait trop forte, de sortir me promener. La marche, l'air frais dissipaient mes mauvaises pensées. C'est notamment ce que j'ai fait le dimanche 13 août dernier, aux alentours d'onze heures du matin. Je pensais profiter de ma sortie pour me rendre sur le campus, car je devais imprimer un document en plusieurs exemplaires et je préférais utiliser pour cela l'imprimante du département plutôt que la mienne (pareilles mesquineries, apprenez-le, constituent le triste quotidien d'un universitaire). Aussi avais-je copié le document à imprimer sur une clef USB que j'avais glissée dans la poche de mon pantalon. Il faisait particulièrement chaud ce jour-là. C'était l'été de la

canicule, souvenez-vous. La petite clef USB, à travers l'étoffe du pantalon, me collait à la cuisse. Les rues étaient désertes. Le boulevard Mauve s'étendait à perte de vue sous un soleil de plomb. J'avais beau avancer le plus lentement possible pour me prémunir contre la chaleur, je n'ai pas tardé à en éprouver les effets. J'avais soif. J'hésitais à rebrousser chemin. Des personnes à peine plus âgées que moi sont mortes de déshydratation cet été-là. Tous les commerces étaient fermés. Il était hors de question que je traverse le parc Saint-Louis dans cet état. Je n'avais avalé ce matin-là qu'une tranche de pain grillé avec un café noir. Je me sentais soudain très faible, faible et vieux, avec un corps d'insecte. J'avais besoin de me poser quelques instants, à l'ombre, et de me rafraîchir. Je me suis souvenu que mon collègue, Damien North, habitait tout près. Il nous arrivait quelquefois de revenir ensemble du campus, nous nous serrions la main sur le pas de sa porte. Une ou deux fois il m'avait proposé de boire un verre chez lui; j'avais toujours décliné, quelque peu échaudé par sa poignée de main moite. Sûrement ce ne serait pas abuser que de lui demander l'aumône d'un verre d'eau? J'ai sonné. Pas de réponse. Je m'apprêtais à revenir sur mes pas quand je me suis aperçu que la porte d'entrée était mal enclenchée. Il a suffi que je pousse pour qu'elle s'ouvre. Surnaturelle invite! Je me suis permis d'entrer, ne fût-ce que pour signaler à North qu'il avait mal refermé sa porte : les cambriolages sont fréquents en cette saison, encore que ce côté du boulevard Mauve ne soit pas le plus prisé... J'ai appelé; pas de réponse; mais un vacarme infernal provenait du jardin. Je me suis approché de la baie vitrée. De l'autre côté, un casque sur les oreilles, vêtu d'un short et d'une sorte de débardeur, mon collègue tondait sa pelouse avec l'acharnement méthodique qu'exige ce travail. Je lui ai adressé un petit signe de la main. Il ne me voyait pas, sans doute à cause de la lumière qui se réverbérait sur la baie vitrée. Je suis resté quelques instants à le regarder, indécis quant à ce que je devais faire. La situation était étrange. Interrompre North dans ses travaux me semblait discourtois, et de surcroît inutile : au fond je n'avais pas besoin de lui pour me servir un verre d'eau. D'un autre côté, plus je tardais à me manifester, plus mon collègue risquerait de prendre mon intrusion en mauvaise part, s'il venait à s'en apercevoir. J'avais déjà le sentiment d'avoir manqué le bon moment. Ma présence était, sans que je l'aie voulu, entachée de clandestinité.

5°) « Il y a des natures purement contemplatives et tout à fait impropres à l'action, qui cependant, sous une impulsion mystérieuse et inconnue, agissent quelquefois avec une rapidité dont elles se seraient crues elles-mêmes incapables », a écrit un illustre et clairvoyant poète. On ne saurait mieux décrire la vivacité démoniaque qui s'empara de moi lorsque j'aperçus sur un guéridon l'ordinateur ouvert de mon collègue. Mes doigts connaissaient le chemin du vice : moins d'une minute plus tard je téléchargeais sur ma clef USB un lot d'une centaine d'images depuis une des innombrables plates-formes de peer-to-peer dévolues au culte des nymphettes. Pendant ce temps North passait et repassait devant moi comme un bœuf, arqué sur ses jambes courtes et grasses, poussant de ses bras grêles et rougis par le soleil sa tondeuse pétaradante. Il y avait quelque chose de si comique dans ce spectacle que je crois bien que j'en ai ri ; aujourd'hui encore, bien que l'heure ne soit plus à la plaisanterie, son évocation m'arrache quelques gloussements hystériques. Quand j'ai eu fini ma besogne, j'ai effacé l'historique de navigation et je suis sorti comme j'étais venu, ivre d'une jouissance qu'en soixante ans d'existence je n'avais jamais éprouvée. Je n'avais plus soif, non! Oubliés, mes petits émois caniculaires! J'avais de nouveau l'âge où l'on n'a pas d'âge.

6°) Comprenez bien qu'il n'entrait pas dans mon intention de nuire à M. North, qui m'a toujours inspiré une CORDIALE BIENVEILLANCE.

7°) Pendant quelques mois, dans le sillage de cette intense volupté, je suis resté sage... comme une image. En revanche, celles que j'avais récupérées sur l'ordinateur de North étaient loin de me satisfaire. On voit bien que ces choses-là sont faites par des barbares. Imaginez ce que vous inspirerait un éclair au chocolat fourré de chair à saucisse : ce fut un dégoût analogue qui me noua l'estomac lorsque je découvris les images si ardemment convoitées. Je n'en dirai pas plus, afin de ménager les âmes sensibles.

8°) Peu à peu s'est substituée à ma répulsion la pensée que peut-être je trouverais mieux ailleurs. J'étais tombé sur un mauvais fournisseur, voilà tout. Les novices, c'est bien connu, se font toujours avoir. Je me disais : « Si c'était à refaire, je m'y prendrais mieux, etc. » Puis je me demandais : « Comment t'y prendrais-tu si c'était à refaire ? » C'est ainsi que de fil en aiguille m'est venu le projet de retourner chez North. Je ne bénéficierais pas du concours de circonstances qui avait tant favorisé ma première visite, c'était certain. On était en automne : les voisins seraient chez eux, des voitures *passeraient sur le boulevard. Je ne pouvais pas rôder indéfiniment dans le quartier sous peine d'attirer l'attention. Et puis, selon toute vraisemblance, la porte de la maison serait bien fermée cette fois. J'ai donc dû planifier mon opération avec toute la rigueur d'un cambrioleur de province. J'ai opté pour un dimanche matin, prévoyant que la plupart des riverains seraient à l'église ; avouerai-je que je me délectais de savoir que l'Éternel prêtait ainsi main-forte à mes projets ? Peut-être faut-il avoir été élevé chez les Pères pour comprendre ce plaisir... Je savais en outre qu'en raison de l'interdiction partielle de circuler récemment promulguée par la municipalité les voitures seraient peu nombreuses. Enfin je supposais que North, comme tous les vieux garçons, menait une existence gouvernée par l'habitude : s'il était en train de tondre sa pelouse le dimanche 13 août, il était probable qu'il en ferait de même en ce dimanche de novembre. De fait, en m'approchant du 1357, boulevard Mauve, j'ai détecté le vrombissement familier de la tondeuse. Je m'étais muni d'une radiographie (des poumons de ma chère Evelyne) pour ouvrir la porte. J'avais aussi emporté, par prudence, la maquette pédagogique du prochain semestre : je pourrais toujours invoquer ce prétexte pour justifier ma visite si les choses ne se déroulaient pas comme prévu. Le pêne de la serrure n'a opposé aucune résistance à ma radiographie. North, égal à lui-même, imprimait à sa tondeuse la trajectoire régulière du boustrophédon (ami policier ! Il me plaît d'imaginer qu'ici ton index délaisse tes cavités nasales pour les pages infréquentées du dictionnaire !). Son ordinateur, qui n'avait pas bougé depuis ma précédente visite, était connecté au site de l'Association des Amis de René Descartes. J'ai ouvert une session parallèle et me suis dirigé vers la plate-forme pétrolière du vice. Là, tout en surveillant mon collègue du coin de l'œil, j'ai agi avec moins de précipitation que la première fois ; je me suis offert le luxe de chercher, parmi la liste des pourvoyeurs d'images, un indice qui entrât en résonance avec mes désirs. Quelle ne fut pas ma joie lorsque je découvris qu'un dénommé « Humbert-Humbert » ne me proposait pas moins de neuf cent cinquante images ! Si ce lot correspondait à mes attentes, j'en aurais jusqu'à la fin de mes jours ! J'ai donc entrepris de télécharger les images sur ma clef USB. L'opération, était-il indiqué, durerait quatre minutes. Pendant que j'attendais, la curiosité m'est venue de jeter un œil à l'historique de navigation de mon collègue — voyez si j'étais à l'aise ! Avant d'atterrir parmi les amis de Descartes, Damien North avait successivement entré dans son moteur de recherche :* Calvitie / Remède à la calvitie / Lotion efficace anti-calvitie / Je mange trop de noisettes / Je suis morose / Dépression / Symptômes dépression / Marc Mortemousse connard / Marc Mortemousse débile / Trouver une escort-girl asiatique. *Chaîne mystérieuse et fascinante, journal intime de l'âme, combien plus révélateur que tout ce qu'un homme écrira jamais sur lui-même ! J'en étais là lorsque soudain j'ai vu North qui se dirigeait à pas lents vers la maison. Lui ne me voyait toujours pas, à cause de la baie vitrée, mais moi je le voyais ! J'aurais dû arracher ma clef USB, fermer ma session clandestine, et quitter les lieux sans attendre. Mais, de même que j'avais agi lors de ma précédente visite avec une vivacité insoupçonnée, de même en ce dimanche de novembre mes facultés se trouvaient subitement engourdies.* Saisi d'une espèce de léthargie, incapable de me rassembler, je restais assis, tétanisé, les jambes paralysées comme dans un rêve. J'ai entendu grincer la porte qui menait de la cuisine au jardin. Un bruit de pas sur le carrelage de la cuisine. Le robinet de l'évier s'est ouvert. Le jet d'eau, d'abord lourd et continu, n'a pas tardé à s'altérer, intercepté sans doute par des mains ou une bouche assoiffée. Soupir d'aise. Coupure du robinet. La porte s'est refermée. Bientôt la silhouette de North a reparu dans l'encadrement de la baie vitrée. Pendant tout ce temps, immobile dans la pièce voisine, j'avais à peine osé respirer. Mon téléchargement était terminé. Je suis ressorti l'instant d'après. Sur le seuil, j'ai fait mine de prendre congé de mon hôte au cas où je serais observé par quelque voisine méfiante. J'ai même serré, dans l'entrebâillement de la porte, une main invisible. Et je suis rentré chez moi d'un pas de sénateur, sans oublier de passer à la pâtisserie prendre les gâteaux qu'Evelyne m'avait demandé de rapporter pour le déjeuner.

9°) Il fallait me rendre à l'évidence : planifiée, la mystification ne me procurait pas la même jubilation. Celle-ci tenait surtout, je crois, au caractère absolument fortuit de l'inspiration qui m'avait saisi la première fois. De plus, ma dernière intrusion avait frôlé la catastrophe. Je me suis juré de ne pas recommencer.

10°) L'inculpation de North, quelques mois plus tard, m'a profondément choqué. Je ne m'y attendais pas du tout. Je n'avais jamais envisagé les conséquences de mes actes. Il y a eu quelques jours difficiles. J'ai fait tout mon possible en allant défendre North devant le tribunal*. Mes collègues s'émouvaient de ma loyauté. Evelyne voyait d'un mauvais œil que je m'implique avec autant d'ardeur dans la défense d'un pervers. J'ai dû me résigner à voir condamner un innocent. Peu à peu je m'y suis fait.

11°) Ou plutôt j'ai cru m'y faire. Mais le remords, mes amis, le remords! Vieille chose aux dents plus acérées qu'un tigre! C'est simple, je ne dors plus : toutes les nuits, après de longs tourments, je jure d'aller me dénoncer le lendemain; mais la journée s'écoule dans une fatigue immense, je me sens incapable de sortir, de faire quoi que ce soit, je me dis «... à quoi bon? »; et le soir, à l'heure où tout, dehors, s'apaise et s'adoucit, ça revient me mordre! Je me suis mis à boire : d'abord un verre, puis deux, maintenant c'est toute la bouteille qu'il me faut pour espérer dormir! Evelyne s'en est aperçue, évidemment. Elle m'a demandé hier soir si quelque chose n'allait pas, et sous son doux regard sérieux j'ai senti monter un sanglot insupportable, un de ces sanglots qui vous tordent la gorge... Je ne peux plus, je ne peux plus! Alors voilà, policier à l'œil vitreux... Mais je ne me laisserai pas traîner devant les tribunaux. Je n'irai pas moisir au fond d'un cachot. Très peu pour moi. Je préfère prendre les devants. Quand tu recevras cette lettre je serai loin.

---

* Entre nous pas de cachotteries : je ne vous cacherai pas que j'éprouvais *aussi* une vertigineuse volupté à me présenter au tribunal où j'aurais dû moi-même comparaître. Il n'est pas donné à grand monde de pouvoir contempler, comme derrière un miroir sans tain, les possibles de sa destinée.

Censeurs des hauts désirs, persécuteurs des amours insensées, je vous prie d'agréer l'expression de mon PROFOND DÉDAIN*!*

Hugo GRIMM
Professeur des Universités
Directeur du Département d'Histoire du Droit
Membre du Conseil d'Administration de la Faculté de L***

— On suppose qu'il s'est enfui à l'étranger, murmura Biasini lorsque North eut terminé sa lecture. La police fait tout son possible pour retrouver sa trace.

North hocha la tête. Dehors, les troncs d'arbres succédaient aux troncs d'arbres. Hugo Grimm : deux yeux tombants, des yeux de bœuf triste. Le reste, les traits du visage, la coiffure, la silhouette, tout s'estompait dans la mémoire de North. Ne demeurait que ce regard dont la pesanteur inquiète le mettait si mal à l'aise. Et la crudité d'un mollet brillant dans la lumière acide et froide de février.

— Comment vous vous sentez ? demanda Biasini.

Était-ce le souvenir de ce mollet dénudé, le fait d'avoir lu trop longtemps sur une route sinueuse ? L'odeur mêlée du cuir, du plastique et de l'after-shave de Biasini ? Ou était-ce à cause de ces troncs d'arbres qui finissaient par ressembler à des barreaux ?

— J'ai la nausée.

Biasini demanda au chauffeur de s'arrêter. North eut besoin de ses deux bras pour pousser la portière tant elle lui parut lourde. Puis il s'éloigna de la voiture en titubant dans l'herbe humide du bas-côté. Il demeura quelques instants penché vers le sol, la glotte béante. Mais rien ne venait. Le roucoulement régulier d'un pigeon ramier se mêlait dans ses oreilles aux pulsations de son sang. Soudain, il eut un mouvement de recul. Dans l'herbe, sous ses yeux, une couleuvre enroulée sur elle-même se chauffait aux premiers rayons du soleil. Lentement, à reculons, il regagna la voiture.

— Ça va aller ? demanda Biasini.

North fit signe que oui ; la voiture repartit.

Hugo Grimm. Il avait, dès son arrestation, envisagé la possibilité d'une inimitié personnelle ou d'une vengeance. C'était encore s'accorder trop d'importance. Trop romanesques, ces idées-là. Il n'était — quelle était l'expression consacrée ? — qu'un dommage collatéral. Hugo Grimm, par effraction. Rien de virtuel ni de virtuose : ni virus, ni cheval de Troie, ni hacker surdoué. À force de n'y rien comprendre, North avait fini par parer l'informatique des complexités de la théologie byzantine. Pas un instant n'avait-il imaginé que la cause de ses misères pouvait être aussi simple, aussi triviale. Biasini non plus, la police pas davantage. Tous avaient été aveuglés, comme en présence d'un Dieu, par les prestiges de la Toile — la Toile immatérielle, infinie, impondérable. Et tous l'avaient laissé moisir dans son trou. Ils avaient mal fait leur travail. C'était pourtant leur métier de chercher des solutions. Biasini était même payé pour. Mais Biasini n'avait rien trouvé. Il s'était contenté d'avaler des steaks tartares en livrant son disque dur à une armada d'experts. Seul Grimm, au fond, l'avait aidé. S'il ne s'était pas dénoncé, s'il n'avait pas écrit cette lettre... Il fallait se rendre à l'évidence : l'auteur de son malheur était *aussi* son libérateur. Et cela mettait North hors de lui, car il aurait aimé éprouver pour cet homme une haine sans partage. Mais Grimm lui inspirait presque autant de reconnaissance que de rancœur, et cette complication de sentiment redoublait sa colère et sa frustration.

Le coup partit malgré lui. Il abattit le poing gauche, de toutes ses forces, sur l'accoudoir qui le séparait de l'avocat.

— Je comprends votre colère, dit après quelques instants Biasini en lui tapotant le genou.

North lui serra le poignet.

— Je ne crois pas, non ; je ne crois pas. Ça ne vous a jamais traversé l'esprit qu'il avait pu s'y prendre comme ça ? Non mais vous vous rendez compte, un peu, de ce que j'ai vécu, moi, à cause de... de votre incompétence ? Vous vous rendez compte ? Vous en êtes conscient ?

Il ne maîtrisait plus le tremblement de son menton. Des larmes de rage troublaient sa vision. Il relâcha son étreinte.

Biasini exprima sa confusion. Mais North ne l'écoutait pas. Les mots des autres, il n'y croyait plus. Il baignait dans la tristesse hébétée d'un enfant qu'on vient de pigeonner pour la première fois. Et, curieusement, il repensait à Joséphine.

Il devait avoir cinq ou six ans. Ils avaient passé, lui et Joseph, une grande partie de l'été chez leurs grands-parents. Les deux frères se battaient souvent cet été-là. Une après-midi, aux heures chaudes, ils avaient longé un enclos où paissaient quelques chèvres au pelage brun rehaussé d'une épine dorsale très noire. L'une d'entre elles avait au milieu du front une étoile blanche. À sa vue l'enfant était tombé en arrêt. De l'autre côté du filet rouge qui faisait office de clôture, la chèvre le regardait en tortillant le museau. Il avait demandé à Joseph comment elle s'appelait. Il lui demandait toujours tout. Joseph avait haussé les épaules avec dédain. Alors, par provocation, Damien avait décidé de la baptiser Joséphine.

— Tu sais ce qu'il faut faire si tu veux lui faire plaisir, à Joséphine ? avait dit Joseph en feignant d'ignorer l'affront (il ne supportait pas d'entendre féminiser son prénom). Il faut que tu pisses ici.

De l'index, il avait désigné un des piquets de la clôture.

— À cause des loups : sinon, ils vont venir manger Joséphine. Mais l'odeur de la pisse, ça les fait partir.

— Pourquoi moi et pas toi ?

— Parce que la tienne sent plus mauvais.

L'argument avait convaincu.

— Et surtout, vise bien le piquet.

Les jambes écartées, presque à l'aplomb du piquet, North avait attendu quelques instants. Son regard avait croisé celui de la chèvre étoilée, et tandis que s'ouvraient l'une après l'autre, dans un long chatouillement, les vannes de la miction, il avait cru voir, au fond des yeux timides et las de l'animal, quelque chose qui ressemblait à de l'amour.

L'instant d'après son sexe était un linge essoré entre des

mains de feu. Il était tombé à la renverse. La décharge lui avait vrillé le corps. Le ciel était constellé de points noir et or. Dans ses oreilles bêlaient au loin des chèvres. Il avait entendu aussi le tintement d'une clochette. Et le ricanement de Joseph, ponctué çà et là d'apartés sarcastiques en provenance, lui semblait-il, d'endroits différents, comme si son frère avait eu plusieurs voix :
— Joséphine, mon cul!
— Le con...
— Il a jamais vu de clôture électrique ou quoi?

D'entendre parler de lui à la troisième personne avait encore accru la ténuité de sa présence au monde. Relever son corps lui paraissait impossible, tant il était loin de lui-même. Il lui semblait distinguer, derrière le bleu du ciel, un bleu plus sombre et tirant sur le violet qui s'épanchait, comme le sang d'une blessure, du fourmillement de l'azur.

C'était à la suite de cet accident qu'avaient débuté, sous le prétexte d'une auscultation, les caresses d'Axel North.

La voiture traversait les faubourgs de la ville. Ronds-points, hypermarchés, ronds-points. Bientôt le boulevard Mauve.

— C'est là, dit North en pointant l'index vers le numéro 1357.

Il sentit aussitôt la familière odeur de glycine qui, d'avril à juin, embaumait les parages. La façade de Mme Sissoko était couverte de longues grappes mauves. Entre les dalles qui menaient au perron du numéro 1357 avaient poussé quelques brins d'herbe. North s'accroupit pour les arracher.

— Ne vous inquiétez pas, vous aurez le temps de faire ça plus tard, dit Biasini, et North sentit sur son épaule la paume chaude et lourde de l'avocat.

— Vous préférez ouvrir vous-même? demandait à présent celui-ci en sortant de sa poche un trousseau de clefs.

— Non, allez-y.

Il avait peur de ne plus savoir comment faire. Le boulevard était très calme. Pas une voiture ne passa tandis que Biasini s'escrimait avec la serrure de la porte d'entrée. North se rappela la date. C'était le dimanche de Pâques. Ses voisins étaient tous à l'église — comme lorsque Grimm s'était introduit chez lui. Sa colère, qui s'était engourdie, le brûla de nouveau. Il fit un pas en direction de Biasini, un pas brusque et vengeur, dans l'intention peut-être de le frapper — puis il se ravisa. Il craignait que cet homme ne le renvoie en prison d'un claquement de doigts. Il s'éloigna en grelottant. Le soleil n'éclairait pas encore ce côté du boulevard.

— Après vous, dit Biasini en s'effaçant sur le pas de la porte.

North pénétra dans la pénombre et le renferma. Ses doigts trouvèrent un interrupteur qu'ils actionnèrent en vain. Il attendit, immobile, que ses yeux s'accoutument à l'obscurité.

— J'ai fait couper l'électricité, vous vous rappelez? Je vous l'avais dit un jour au parloir! cria Biasini depuis le salon où il ouvrait, l'une après l'autre, les fenêtres.

Les volets grincèrent : la lumière du jour tomba sur des housses blanches, comme chez un mort.

— Je les avais fait mettre pour protéger les meubles...

North s'approcha du guéridon où étaient disposés les portraits de famille, épousseta les cadres, remarqua que la photo de Muriel n'était pas à sa place. Elle devait jaunir dans son dossier de police.

— Je vais appeler la compagnie pour qu'ils vous remettent le courant.

North approuva d'un hochement de tête. Par terre, entassés dans un coin du salon, les différents habits qu'il avait essayés avant de se rendre à l'audience. Il avait longtemps hésité entre plusieurs tenues. Il se revoyait, debout devant la glace, se demandant laquelle ferait meilleure impression. Le souvenir de sa candeur lui donnait envie de pleurer. Il monta à l'étage, poussa la porte de sa chambre, tira les rideaux ; dans le jardin à l'abandon, les premières feuilles du mûrier-platane frémissaient sous la brise.

— Damien ? Vous pouvez descendre une minute ?

Biasini, toujours au téléphone, avait besoin de connaître l'emplacement du compteur d'électricité.

— Le compteur... voyons... le compteur..., répéta North d'un air perplexe, avant que ses mains n'en retrouvent, à son insu, le chemin.

Le courant serait rétabli dans l'heure, annonça l'avocat en refermant son téléphone ; il allait à présent s'occuper de faire venir une femme de ménage ; après quoi, il ferait un virement sur le compte de North en attendant la régularisation de sa situation bancaire.

— Je crois, à ce propos, que vous pouvez obtenir des dommages et intérêts assez considérables... Vous m'entendez, Damien ? Damien ?

La porte-fenêtre qui donnait sur le jardin était ouverte. Dehors, enveloppé dans sa parka inadaptée aux premières tiédeurs d'avril, North caressait du bout des doigts l'écorce crevassée du mûrier-platane. Maintenant, les mains posées sur le tronc comme sur les hanches d'un être aimé, la tête inclinée, les yeux fermés, il souriait.

Biasini avait cessé de le héler. Il le regardait en hochant la tête, et dans ses yeux s'alluma la lueur qu'il réservait aux grandes victimes du système judiciaire. Il ne songea pas que le pauvre homme était fou, comme il l'aurait sans doute pensé de quiconque en pareil cas ; il se dit : « Comme il a raison ! » La gorge serrée, il entrevoyait dans cet acte simple et naïf une sagesse profonde, inaccessible, déchirante, aussi mystérieuse que la folie qu'il eût diagnostiquée en d'autres circonstances. Et dans les limbes de sa mémoire surgirent la silhouette imprécise et l'index sentencieux d'un professeur de droit qui aimait à répéter : « Autrefois, quand un détenu sortait de prison, on ne parlait pas de sa libération, mais de son *élargissement*. Souvenez-vous de ce mot, élargissement, même si personne ne l'emploie plus : je n'en connais pas de plus beau. » Et, devant l'humanité élargie de Damien North, un frisson presque religieux parcourut l'échine de l'avocat. En revenant du jardin, North surprit les derniers feux de cette étrange lueur.

Il la croisa plus d'une fois, cette lueur, durant les jours qui suivirent. Le lendemain de son retour, *L'Indépendant* titrait : « LE CYBER-DREYFUS ». Dans les pages intérieures, Virginie Hure s'indignait des lacunes de l'enquête, dénonçait un procès bâclé, et spéculait sur les réparations dues à North. Devant la porte du 1357, boulevard Mauve se multipliaient les offrandes du voisinage : quelques bouquets de fleurs, une boîte de chocolats, le plus souvent un mot aimable. Lorsque North se rendit pour la première fois au supermarché, une vieille femme, levant vers lui des yeux humides, retint longtemps sa main entre ses doigts osseux et froids. Dans des lettres enflammées, de jeunes inconnues se proposaient d'exercer à son endroit la compassion la plus active. Un éditeur lui proposa d'écrire un livre : on en vendrait, assurait-il, plusieurs dizaines de milliers d'exemplaires. Sur internet, les réseaux sociaux pullulaient de groupes à sa gloire ; plusieurs sites à vocation citoyenne voyaient dans sa mésaventure le parfait exemple des excès où conduit une politique sensationnaliste et répressive. Parfois aussi, à la manière de ces vanités — crâne, compas, sablier, citron — dont les maîtres d'antan ornaient quelque recoin de leurs toiles, le hasard des algorithmes plaçait parmi les résultats un des articles parus au moment du procès, lorsqu'on le traînait dans la boue. Biasini l'avait prévenu : internet n'oubliait rien.

Ces gratifications dérisoires, ces attentions minuscules heurtaient North plus qu'elles ne le touchaient, car il ne pouvait s'empêcher d'attendre de la part des autres une réparation qu'ils étaient incapables de lui donner. Et plus

le temps passait, plus sa frustration s'intensifiait. La colère qui s'était déclarée dans la voiture de Biasini s'étendait, faute de pouvoir s'exprimer, à la terre entière. North s'endormait dessus chaque soir. Elle lui dévorait le cœur.
La faculté aussi voulut le célébrer. Une réception fut donnée quinze jours après sa libération, dans la salle d'Albâtre — une reconstitution, tout en stucatures blanches et bleues, de l'intérieur d'un palais minoen, commanditée naguère par un président amateur d'antiquités. Lorsque North, vêtu de la traditionnelle toge noire, fit son entrée, la *lueur* s'alluma dans les yeux de ses collègues. Tout au long du cocktail qui précéda le dîner, on l'enveloppa de regards chaleureux. On porta des toasts. On fut heureux de le revoir. On se montrait en sa compagnie. Entouré de la plus vive attention, North se sentait seul, comme si, à force de l'honorer, on finissait par l'ignorer. Ses collègues, lui semblait-il, en faisaient à la fois trop et pas assez. Trop, parce qu'il n'avait rien accompli d'exceptionnel ; pas assez, parce que le préjudice qu'il avait subi était comme escamoté. On le travestissait en héros alors qu'il n'était qu'une victime. « Ont-ils vraiment le choix ? se demandait-il en vidant coupe sur coupe. Pour eux je suis un reproche vivant ; je leur fais honte ; que fait-on d'un reproche ? On le nie. »
Après quelques échanges convenus, on ne s'attardait guère en sa compagnie. Nul ne semblait vouloir s'aventurer au-delà de la réparation purement formelle qui lui était due. Mortemousse cancanait avec sa volubilité coutumière ; il racontait les péripéties de sa désignation au

conseil d'administration (il venait d'hériter du siège, longtemps convoité, d'Hugo Grimm). Seule Machette fit l'effort d'engager la conversation avec lui :

— C'est dégueulasse ce qu'ils t'ont fait, dégueulasse, je ne vois pas d'autre mot... Dans quel monde on vit ? Et tout ça, tu sais (je ne vais pas me lancer dans un discours politique, mais quand même), c'est à cause d'Albert Walther. C'est depuis qu'il est là que tout a changé... Avant, on ne traitait pas les gens comme ça. Franchement. Il y a quelque chose, dans ce pays... quelque chose qui ne va pas.

Un éclair insurrectionnel passa dans ses yeux de biche. Elle reprit :

— Je me demandais si tu serais prêt à témoigner sur ton expérience. Je pourrais te publier dans *Résistances*... Ce serait intéressant d'avoir le témoignage d'un intellectuel sur le monde carcéral... pour une fois... Et puis je crois que ça pourrait te faire du bien, c'est si lourd ce que tu as vécu, c'est mauvais de garder ça pour soi, je crois que ça peut être vraiment bon de se — elle expira profondément par la bouche, comme pour recracher une invisible fumée —, de se libérer, tu vois ce que je veux dire ?

— Tout à fait, opina North en souriant, tout à fait.

— Alors tu veux bien ? Témoigner ?

— Mais bien sûr, fit-il le plus obligeamment du monde.

Elle le remercia chaudement. Il haussa les épaules comme s'il se fût agi d'une bagatelle. En son for intérieur il se maudissait déjà. Quelle mouche l'avait piqué ? Oui Macha, bien sûr Macha, un témoignage sur le *monde car-*

céral, mais très volontiers! Et avec le sourire en plus! Un témoignage! Comme s'il avait envie de se replonger là-dedans — l'odeur de la prison, les pieds de Porsenna, les tests de l'Institut! Il était hors de question qu'il accepte. Avec une brusquerie dont il n'était pas le maître, il saisit Machette, qui commençait à s'éloigner, par la manche.

— Mais qu'est-ce que tu fais? s'étonna-t-elle.

Il la regarda, furieux. Ne comprenait-elle donc pas? Par où fallait-il commencer? Il relâcha son étreinte en soupirant. Machette en profita pour se dégager. Quelques instants plus tard le traditionnel coup de gong avertit l'assemblée qu'on passait à table.

L'usage voulait que l'on s'asseye, tout naturellement, à côté de la personne avec qui l'on avait parcouru les quelques mètres qui séparaient le salon du réfectoire. Sous les dehors d'une disposition aussi aléatoire qu'harmonieuse, un tel système accordait une part essentielle, bien que discrète (beaucoup plus discrète que dans ce vestige des sociétés féodales : le plan de table), au calcul : il n'y avait en vérité de hasard dans ce placement que pour les innocents qui s'en croyaient les victimes. North s'approcha d'un collègue géographe qui fit soudain demi-tour en se tapant sur le front — « mes comprimés, j'ai oublié mes comprimés! » lança-t-il à l'intention de North. Forcé de poursuivre en solitaire son avancée vers la table, celui-ci se glissa dans le sillage d'un autre collègue qui entama sur-le-champ une conversation très animée avec un tiers. La table approchait. Ce fut alors que North sentit à ses côtés le parfum ambré de Mortemousse.

— Vous permettez, Damien ?
— Très volontiers, Marc.

North n'était pas dupe. Il savait qu'en agissant ainsi Mortemousse marquait des points dans l'esprit de ses collègues. On lui saurait gré d'avoir pris en main la situation ; on lui trouverait de la classe ; il avait, dirait-on, l'étoffe d'un futur président. Cette bienveillance calculée semblait encore plus insultante à North que la grossièreté des autres.

À sa gauche échoua un jeune inconnu qu'il n'avait jamais vu, et qui le salua d'une brève inclination de la tête.

— Le nouveau lecteur d'hébreu, glissa Mortemousse ; il est arrivé la semaine dernière.

On servit en entrée des avocats aux crevettes. Mortemousse régalait l'assemblée de ses potins. Dans les verres, le vin succédait au vin ; un vin blanc gras, épais, qui glissait sur le palais comme de l'huile. North était étourdi ; il avait perdu, ces derniers mois, l'habitude de l'alcool. Les chandeliers, l'argenterie, les reflets des bougies sur les verres, le plafond à caissons sculptés, tout lui paraissait irréel, et en premier lieu lui-même — effigie circulant d'œil en œil, point de mire et d'oubli, reflet entre les reflets. Il ne savait pas comment se comporter. Mortemousse, assis à sa droite, suspendit d'ailleurs le récit de ses anecdotes pour lui rappeler un détail protocolaire :

— Faites attention, Damien, vous êtes en train de couper votre salade avec le couteau à beurre, lui glissa-t-il à l'oreille avec l'enjouement glaçant des adorateurs de l'étiquette. Dites donc, ajouta-t-il dans la foulée, la présidence d'honneur de l'Institut René Descartes se libère à la fin du mois, nous serions vraiment très honorés...

North hocha la tête, le visage fermé. Il revoyait Mortemousse, assis parmi ses instruments de torture, lui expliquant que le Syndicat risquait de se compromettre en lui portant secours. Comment pouvait-il oser maintenant ? Il s'essuya la bouche dans sa serviette, méticuleusement, en attendant que la conversation prenne un autre tour. Mais, se sentant observé, il releva les yeux. Et il croisa le regard du jeune lecteur d'hébreu, qu'il avait évité jusqu'alors : les lecteurs — des étudiants étrangers venus passer un semestre ou deux à la faculté — étaient réputés pour leur conversation austère et laborieuse.

— Quelle discipline enseignez-vous ? demanda aussitôt le jeune homme.

Ignorait-il donc à qui il avait affaire ? C'était possible : après tout, il arrivait tout juste de l'étranger. Et puis les lecteurs formaient une caste à part : provisoires, esseulés, séparés des professeurs par leur jeunesse et des étudiants par leur statut, ils avaient tendance à se réfugier dans le travail et les bibliothèques, se coupant d'un monde où ils ne trouvaient pas leur place.

— La philosophie. Vous, m'a-t-on dit, c'est l'hébreu ?

— Oui. Certains philosophes ont votre prédilection, je suppose ? Est-il indiscret de vous demander lesquels ?

North cita quelques noms en tournant sa fourchette entre ses doigts. Sa voix lui semblait voilée. Il avait le sentiment de parler à la place d'un autre. Cela faisait plus de trois mois qu'il n'avait pas ouvert un livre.

— Hmm... Descartes..., reprit le lecteur d'hébreu en s'efforçant de relancer la conversation, je crois qu'il y a eu un colloque international en février dernier, vous y étiez ?

La question tomba dans l'intervalle de silence qui accompagnait la desserte des hors-d'œuvre, de sorte qu'elle retentit d'un bout à l'autre de la table — d'autant que le lecteur, en locuteur consciencieux d'une langue qui n'était pas la sienne, articulait avec un zèle forcené. North se sentit rougir.

— Non, je...

— Ha ha, vous avez séché le colloque ! chenapan ! s'écria le lecteur en agitant l'index, indifférent à la réprobation dont le nuancier complet, de la grimace au tic nerveux, se déployait sur les visages de l'assemblée.

— M. North a eu, intervint Mortemousse en douchant d'un regard l'espièglerie du lecteur, un petit problème de santé l'hiver dernier.

On crut que l'arrivée du plat de résistance refermerait l'incident. North porta à sa bouche un assez gros morceau de chevreuil rôti qu'il mastiqua pendant quelques instants, le regard vague. Puis, sans se cacher le moins du monde, et même avec une sorte d'application étrange, il recracha lentement sa bouchée sur la nappe immaculée. Le tintement des couverts, autour de lui, s'interrompit. Alors, dans un spasme qui n'était pas tout à fait involontaire, tout ce que North avait ingéré depuis le début de la soirée — cacahuètes, gougères, petits fours au brocoli, petits fours au saumon, petits fours au boudin noir, feuilletés au roquefort, avocat, crevettes, vin blanc — se répandit sur la table, et jusque sur la manche de Mortemousse.

— Un petit problème de santé, lança-t-il en s'essuyant la bouche dans un pan de sa toge ; le même que cet hiver, je suppose.

L'instant d'après, il dévalait l'escalier qui menait à la cour d'honneur. Là, il retira sa toge et l'enfonça dans l'une des poubelles en fonte qui bordaient la pelouse. Il se sentait léger ; furieusement léger. Il détala vers les rues de la vieille ville. Il courut longtemps, comme galvanisé par la colère, enfin libérée, qui le rongeait depuis des semaines.

Il s'arrêta, essoufflé, dans une rue du quartier asiatique. Il avait soif. Il entra dans un bar où il n'avait jamais mis les pieds et commanda, encore tout pantelant, un verre d'eau gazeuse que le serveur, après l'avoir toisé d'un œil méfiant, lui fit payer à l'avance. North comprit qu'il n'avait pas l'air net ; sans doute sentait-il le vomi. Exaspéré, il sortit de son portefeuille un gros billet, le plus gros qu'il trouva, et le jeta, aussi dédaigneusement qu'il put, sur la table. Son geste fut si brusque que le billet glissa jusqu'au sol. Le serveur dut s'agenouiller pour le récupérer, montrant à son insu les semelles usées de ses chaussures. North le laissa faire, les lèvres retroussées par un demi-sourire où il entrait autant de cruauté que de honte. À la table voisine, autour d'une nappe tachée de sauce brune, dînait un groupe d'où fusait, à intervalles réguliers, une interjection gutturale suivie de rires en cascade. Était-ce de lui qu'on riait ? Il regarda les dîneurs de travers. Il avait envie de se battre. Plus tard. Quand il aurait repris son souffle. Il but une gorgée, balaya la salle du regard. Au fond d'une sorte d'alcôve, une femme vêtue de noir, les yeux baissés sur son verre, tournait une touillette vert fluo dans un cocktail écarlate. Elle avait les cheveux noirs, très fins. Ses gestes étaient furtifs et doux. North avait envie de lui parler. Elle lui faisait penser à Sylvia. Avec elle, peut-être, il n'y aurait pas de malentendu ? Il se leva, fit quelques pas en direction de l'inconnue, puis se rappela qu'il venait de vomir et bifurqua vers l'escalier en colimaçon qui descendait dans la pénombre des toilettes.

Il se rafraîchit le visage, se rinça la bouche, examina ses vêtements et appliqua un peu d'eau savonneuse sur une tache qui maculait le genou droit de son pantalon. Maintenant il était présentable. Il s'apprêtait à remonter lorsqu'il aperçut dans la glace un reflet qu'il n'identifia pas sur-le-champ comme le sien. Quelque chose avait changé. Il s'approcha du miroir, les mains posées sur le rebord du lavabo, et se dévisagea. Le sèche-mains, qu'il avait actionné un instant plus tôt, répandait encore son souffle chaud dans l'entresol. Une lumière rare et blafarde, dispensée par deux petits spots encastrés dans le plafond, tombait d'aplomb sur sa face. Le reste, hormis la vasque du lavabo, n'était que ténèbres : le dallage en ardoise, les murs carrelés de noir, le mobilier d'ébène. Même le pousse-mousse était noir. Et, dans ce clair-obscur, North avait l'impression que les poils de sa moustache étaient blancs ; essentiellement blancs. Le roux primitif n'avait pas disparu, mais subsistait surtout sous forme de traînée, de trace ou, ce qui le rendait plus difficile encore à discerner, de reflet. Sans doute fallait-il *savoir* que cette moustache était rousse pour en percevoir la rousseur.

Le sèche-mains soufflait toujours.

North continuait à se scruter. Sa peau même, sous cet éclairage, lui paraissait vieillie, terreuse, racornie. Du bout des doigts, délicatement, il se massa les pommettes ; et tout en se massant, là, dans ce vestibule, il eut le sentiment de comprendre quelque chose. Lui-même était à ses propres yeux un mystère, une énigme. Mais s'il était incapable de se connaître, pourquoi attendait-il des autres qu'ils le comprennent ? Ils ne pouvaient rien pour lui. Ce n'était pas leur faute ; simplement, ils ne pouvaient rien. Entre eux et lui, il n'y aurait jamais rien d'évident. Monstre hier, aujourd'hui victime : tout ce qui avait changé, c'était la nature du malentendu. Mais le malentendu lui-même, le malentendu persisterait jusqu'à la fin des temps. Monstre, victime : c'était comme un chiffre dont ne variait que le signe, négatif un jour, positif le lendemain ; mais le zéro, le paisible et bienheureux zéro, l'aveuglante évidence du zéro — jamais. Et tous les adjectifs dont leur bouche était pleine : gentil, froid, discret, hautain, ouvert, fermé, timide, arrogant, pudique, introverti — c'était la même chose, des chiffres entassés dans le néant des nombres, toujours plus éloignés de la paix du zéro. Les autres ne pouvaient pas lui donner ce qu'il attendait d'eux. Et peut-être au fond ne lui devaient-ils rien. Eh bien, il s'en passerait, des autres. C'était lui qui comptait ; lui seul. Ce visage. Cette vie qui s'écoulait presque à son insu. Cet être qu'il connaissait si peu.

Il gravit l'escalier et sortit du restaurant, tête basse, sans un regard pour l'inconnue qui touillait son cocktail. Dehors il faisait froid. Il pressa le pas.

— Monsieur ! Monsieur !

Il se retourna. C'était le serveur qu'il avait humilié d'un billet de banque.

— Vous avez oublié de récupérer votre monnaie. Je vous dois...

— Vous ne me devez rien.

Et il reprit son chemin en marmonnant que personne ne lui devait rien.

9

Ce fut la sonnerie du téléphone qui le tira du lit le lendemain matin.
— Damien ? Je te dérange ?

Joseph l'appelait tous les jours depuis sa libération, s'enquérant chaque fois de l'opportunité de son coup de fil (il ne s'embarrassait pas de pareils scrupules à l'époque où son frère était harassé par ses travaux universitaires, n'ayant jamais considéré qu'une besogne si obscure méritât le nom de travail ; et même à présent, Damien n'interprétait pas cette question comme la preuve d'une délicatesse fraîchement acquise, mais comme l'expression involontaire d'un ardent désir de le savoir actif). Il était passé le voir juste après sa libération. Mais ces marques de bonne volonté ne suffisaient pas à effacer, chez North, le souvenir de l'abandon où l'avait laissé Joseph : les soupçons, les insinuations, le silence. L'avocat injoignable. Une porte s'était fermée entre eux, une de plus, et même l'antipathie voilée qui les unissait autrefois n'y avait pas résisté, si bien que seule une cordialité éteinte soutenait désormais leurs relations. Ne subsistait entre eux qu'un seul point de friction. Joseph semblait décidé à ce que son frère entame une psychothérapie : « Après tout ce qui t'est arrivé, ce serait peut-être une bonne idée de voir quelqu'un, tu ne crois pas ? disait-il. Je me suis un peu renseigné, il paraît qu'il y a le docteur Consuegra, pas loin de chez toi, qui est bien... »

Mais North opposait à ce projet une inertie farouche. Aussi fut-ce de sa voix la plus récalcitrante qu'il répondit :

— Non... tu ne me déranges pas, non...

— Tu es sûr ? Je peux rappeler plus tard si tu préfères...

— Je t'écoute.

— C'est Muriel... Elle aimerait te voir.

« Faux, pensa North ; c'est toi qui me l'envoies. Pour te faire pardonner. » Mais l'amertume que lui inspirait cette pensée fut éclipsée par le soulagement de savoir qu'il ne serait pas question de sa santé psychique.

— Tu comptes beaucoup pour elle, tu sais, reprit Joseph. Elle nous parle souvent des quelques jours qu'elle a passés chez toi l'été dernier.

North exhala par les narines un souffle cinglant. Il n'avait pas oublié — comment l'aurait-il pu ? — les doutes exprimés par Joseph deux mois plus tôt. *J'ai besoin de savoir qu'il ne s'est rien passé avec Muriel cet été. Quand elle est venue te voir.*

— Lorsqu'elle a su que tu avais des, des problèmes, ça l'a pas mal perturbée, tu sais (pipi au lit, et cætera, je te passe les détails). Et maintenant que c'est terminé, tout ça, que c'est fini, que c'est derrière nous, je crois qu'elle

serait très contente de te voir — pour tourner la page, tu vois ? Et puis, avec Chloé, on se disait que pour toi aussi ça pourrait être agréable, un peu de compagnie. Si tu te sens prêt, bien sûr. Ce n'est pas une gamine difficile, Muriel, tu t'en es aperçu sans doute, très calme, très posée, jamais d'histoires...
— Elle doit tenir ça de son père.
Joseph émit un petit rire décontenancé.
— En tout cas réfléchis-y, ça nous ferait très plaisir.
North demanda ce que Muriel savait de ses *problèmes*.
— Nous, au début, on lui a juste annoncé que tu avais des ennuis, c'est tout. Et puis un jour elle est rentrée de l'école en pleurant parce qu'une copine lui avait dit que son oncle était un pédophile. Elle ne savait pas ce que ça voulait dire, mais elle sentait bien que c'était... qu'on cherchait à lui faire de la peine. Je lui ai expliqué qu'elle ne pouvait pas comprendre, que c'était plus compliqué que ça... Chloé l'a emmenée chez le psy... Lui aussi, il pense que ce serait important qu'elle te revoie. Un très bon psy d'ailleurs, Muriel va beaucoup mieux depuis qu'elle le voit, c'est fou ce que ça peut faire du bien la psychanalyse...
— Elle vient quand elle veut, interrompit North, en partie parce qu'il redoutait l'évolution de la conversation, en partie parce que le regard d'une enfant, pensait-il, serait plus évident, moins corrompu que celui des autres. Et puis, lui aussi éprouvait le besoin de tourner la page. Les soupçons qui avaient pesé sur ses rapports avec Muriel avaient été peut-être les plus insupportables.

Deux jours plus tard, dans le hall du petit aéroport, il accueillait une fillette en jodhpurs et blouson de coton matelassé. Muriel ne sauta pas, comme elle l'avait fait lors de sa précédente visite, dans les bras ouverts de son oncle; et si elle se laissa embrasser, ce fut sans effusion de tendresse. Contrarié par cette réserve, North réclama un baiser qui lui fut offert du bout des lèvres. Aussitôt il regretta sa demande; cela lui rappelait son grand-père, il revoyait l'index d'Axel North impérieusement pointé sur une joue osseuse et livide. Ce n'était pas ainsi qu'il allait gagner la confiance de Muriel. Trois jours durant, il chercha. Les sucreries, le cinéma, la piscine, rien ne prit. Muriel gardait son quant-à-soi. Le plus souvent, en présence de son oncle, elle tortillait sans répit ses longs cheveux frisés.

— Tu vas finir par te les arracher si tu continues, lui disait North sur un ton de réprobation complice.

Muriel levait alors vers lui, derrière les verres épais de ses lunettes, un regard fatigué. Il y avait quelque chose en elle de prématurément vieilli — y compris lorsque par extraordinaire elle riait, avec ses yeux plissés, ses fossettes, et ses épaules qui tressautaient en silence. North ne reconnaissait plus la petite fille qu'il avait vue l'été précédent. Était-il le seul responsable de ce changement? Ou bien Muriel avait-elle grandi, tout simplement? Elle déclara un soir qu'elle détestait les jodhpurs que lui faisait porter sa mère, signe qu'elle était entrée dans l'âge inconfortable. Parfois, s'agaçant d'avoir à surmonter un obstacle qu'il n'avait ni créé ni voulu, impatienté d'avoir à faire ses preuves alors que rien ne l'y forçait, North laissait échapper quelques mots un peu vifs, et Muriel se calfeutrait alors dans une bouderie docile.

— Qu'est-ce que tu voudrais faire ? Dis-moi ce qui te ferait plaisir ! supplia North un soir que Muriel, assise sur le canapé du salon, le regard vague, se triturait les cheveux sans rien dire.

La réponse lui parvint un quart d'heure plus tard, tandis qu'il zappait sans entrain d'une chaîne à l'autre.

— L'histoire des yeux magiques, tu sais, que tu m'avais racontée.

Peu avant sa précédente visite, Muriel avait appris qu'elle souffrait d'une hypermétropie prononcée ; aussi avait-elle dû se résigner, la mort dans l'âme, à porter des lunettes qui lui grossissaient les yeux. Pour la consoler, North avait inventé le conte des yeux magiques. Et maintenant, à la demande de la fillette, il s'apprêtait à répéter, mot pour mot, la même histoire.

— Il était une fois un monsieur qui avait des yeux grrros comme des phares d'autobus...

À mesure qu'il égrenait les aventures de l'homme aux yeux magiques, North avait la sensation de pénétrer dans un lieu sûr et familier. Là, rien ne changeait ; rien ne changerait jamais. Là, rien ne pouvait l'atteindre. Il était à l'abri. Et Muriel aussi. Elle l'écoutait ; elle avait cessé de se tortiller les cheveux ; la défiance quittait lentement ses yeux. Son visage semblait rajeunir ; elle avait le regard franc et le teint animé. North, qui l'observait à la dérobée quand il ne fixait pas la zone de sa mémoire (et du plafond) où évoluait l'homme aux yeux magiques, s'imagina qu'elle subissait le charme invincible et ancestral de la fable. Désireux d'encourager ce retour de l'esprit d'enfance, il accentua la puérilité de sa narration par quelques stratagèmes rebattus : intonations, grimaces et autres procédés au moyen desquels les adultes croient amuser les enfants. Ces simagrées achevèrent d'embarrasser Muriel, elle s'était aperçue, au fur et à mesure de la progression du conte, qu'elle s'ennuyait. Elle ne croyait plus aux yeux magiques. Elle avait passé l'âge. Pour ne pas chagriner son oncle, et peut-être aussi dans le secret espoir de se prendre au jeu, elle manifestait néanmoins une extrême attention. Mais ce subit éclat des joues, ce regard brusquement dénudé, ces lèvres entrouvertes, tous ces signes que North prenait pour les indices d'une candeur retrouvée annonçaient en vérité l'éclosion d'une tristesse sans remède. Et plus North se donnait de peine, plus cette tristesse s'alourdissait. Enfin, pour épancher celle-ci tout en abrégeant un spectacle qui devenait pénible, Muriel se blottit avec une vivacité d'oiseau contre son oncle et cribla de baisers sa joue grise et molle, cette joue qui, à cause de la moustache, lui avait toujours un peu répugné. North interrompit son récit, décontenancé, ému par cet élan qu'il attribuait à une tendresse, à une gratitude venues du fond des âges.

— Eh bien alors, murmura-t-il en serrant dans ses bras le corps timide et dodu qui s'abandonnait, eh bien!

Il ne pouvait rien ajouter, il avait le souffle court. Cela faisait plus de dix ans qu'on ne l'avait pas embrassé de la sorte; plus de dix ans qu'il n'avait pas senti sur son épaule et sur son cou la caresse d'une main aimante ; il avait presque oublié que ses oreilles avaient des lobes avant que les doigts de Muriel n'en effleurent par accident la chair endormie. Il éprouvait une sorte de volupté dont il fut soudain troublé. Était-ce normal ? Était-ce ce qu'il était censé ressentir ? N'était-ce pas malsain ? Il revoyait le commissaire Estange, le docteur Prokofiev, l'enfant nu qui tournait sur lui-même dans la cabine de l'Institut Morgenthau. Indice de déviance. Les mains glacées d'Axel North. Ce frisson qui lui parcourait la nuque, était-ce du désir ? Il dégagea ses mains du petit corps qu'elles tenaient serré contre le sien et les regarda, perplexe, comme s'il venait de commettre un crime. Puis, aussi délicatement qu'il put, il repoussa Muriel dont les tendresses redoublèrent. Sentant s'éloigner quelque chose qu'elle ne voulait pas laisser partir, la fillette s'agrippait avec ténacité — moins à son oncle qu'à une innocence qui la fuyait, à une joie qui s'en allait, à un monde qui se dérobait. Mais North avait à tel point perdu l'habitude des autres, il était devenu si méfiant qu'il ne sentait plus ces choses — et il se débattait maintenant, avec une sorte de fureur, pour se délivrer au plus vite de cette étreinte envahissante. La lutte était inégale.

— Aïe ! Tu me fais mal...

Il s'arrêta net. À demi renversée sur le canapé, ses fins poignets broyés entre les mains de North, les yeux humides, Muriel le regardait sans comprendre. Il demanda pardon ; trop tard. Elle grimpa l'escalier quatre à quatre, s'enferma dans sa chambre et ne reparut pas de la soirée.

Le lendemain matin, dans le hall d'embarquement de l'aéroport, la petite fille aux mollets serrés dans des jodhpurs roses salua d'une furtive inclination de la tête l'homme qui, de l'autre côté de la vitre, lui faisait de grands gestes d'adieu.

À compter de cet instant North vécut dans l'inquiétude. Muriel parlerait-elle à son père de l'incident ? Qu'en avait-elle perçu ? N'allait-elle pas déformer les événements ? Le soir même, Joseph appelait pour le remercier : Muriel avait passé un excellent séjour, elle était ravie, elle avait pris des couleurs, etc. Elle n'avait donc rien dit. À moins que Joseph n'ait préféré passer l'incident sous silence — là, dans le timbre de sa voix, dans le choix de ses mots, n'y avait-il pas quelque chose de faux ? North se perdait en conjectures ; son cœur battait de travers. Pour en finir avec l'incertitude, il décida de prendre les devants.

— Je ne sais pas si elle t'en a parlé, j'ai eu un geste un peu brusque hier soir, sans faire exprès bien sûr, je ne l'ai pas frappée, hein, mais j'espère que...

Déjà Joseph couvrait ses paroles :

— Noooon, penses-tu, au contraire, ça lui fait du bien d'être un peu recadrée de temps en temps, elle est trop gâtée cette gamine — je suis sûr qu'elle devait t'emmerder, non ?

Sans laisser à son frère le temps de répondre, il enchaînait avec bonhomie :

— De toute façon, je te connais, tu ne ferais pas de mal à une mouche !

Et Joseph prit congé dans le sillage de son propre rire.

Malgré tout North n'était pas rassuré. L'évidence peu à peu s'imposa : c'était de lui-même qu'il se défiait. Il avait l'impression de ne plus se connaître. Et les autres ne le connaissaient pas mieux. *Tu ne ferais pas de mal à une mouche* : c'était faux. Il avait failli tuer un homme, en prison. Il était possible, certes, que ce désir n'ait été qu'un phénomène avant-coureur de l'épilepsie : le médecin-chef lui avait expliqué qu'une crise pouvait être précédée d'épisodes délirants. Mais dans son cas ? S'agissait-il vraiment d'un délire ? Il était persuadé, lui, que son projet d'éliminer Porsenna n'avait rien à voir avec l'épilepsie.

Et puis il y avait cet « indice de déviance » établi par les chercheurs de l'Institut. Il n'avait pas été informé du résultat, mais il savait très bien que personne n'était venu le chercher dans sa cellule. Son cas n'avait pas attiré l'attention. Donc il était semblable aux autres : violeurs, pédophiles, qu'on avait rassemblés pour l'occasion. Son indice de déviance devait ressembler au leur. Cela ne signifie rien, se disait-il en haussant les épaules, ces tests étaient farcesques. D'ailleurs, immédiatement après sa libération, un moratoire avait suspendu le projet Tirésias ; c'était bien la preuve que tout cela ne rimait à rien. Mais l'inquiétude persistait. Était-il un homme dangereux ? De quoi était-il capable ? Ces doutes s'alourdissaient de la conscience qu'il avait d'incarner, aux yeux des autres, l'innocence absolue. On lui déniait toute aptitude au mal. Ayant subi une injustice, il était nécessairement blanc comme neige. *Tu ne ferais pas de mal à une mouche.* Poussé en sens inverse par une sorte de mouvement pendulaire, il

sentait en lui des abîmes. Des cruautés oubliées lui revenaient en mémoire. Il se voyait dans un miroir d'infamie.
Un incident alimenta ses craintes. Désireux d'exercer une forme d'activité — il commençait à trouver le temps long —, il avait entrepris de ranger son grenier. Un matin, alors qu'il fouillait dans un carton rempli de vieilles affiches, il découvrit quelques ébauches d'une toile inachevée datant de l'époque où, sous l'influence de Sylvia, il avait voulu s'essayer à la peinture. Une main, une main de vieillard — osseuse, rabougrie, déformée par les nodosités, aux ongles obliques et jaunes, à la peau fripée —, tenait entre deux doigts une cigarette ; dans la fumée qui s'élevait en volutes apparaissaient les contours d'un visage androgyne et calciné, un visage d'enfant brûlé vif, dont la bouche était tordue par un cri de douleur. La peinture devait s'intituler *La main du temps*. Il émanait de ces esquisses une laideur féroce, quelque chose de glacé et de suffocant à la fois, comme une odeur de tabac froid qui vous donnerait la nausée. North ne se souvenait plus d'avoir peint cela. Longtemps, il resta agenouillé sur la moquette du grenier, face à ces obscures sécrétions de son passé. Le soir même, il jetait les ébauches à la poubelle.
Insensiblement, il se sentait gagné par une fébrilité sans remède. Il avait peur de lui-même. Il se sentait dépérir. Alors, se remémorant les injonctions répétées de Joseph, il prit rendez-vous chez le docteur Consuegra. Lorsqu'il pénétra dans son cabinet quelques jours plus tard, il s'attendait à rencontrer un homme entre deux âges, à la peau pâle, aux yeux sévères et gris. Il fut reçu par une femme

noire, plus grande que lui, plus jeune, dont les sourcils effilés dessinaient un arc délicatement perplexe. Elle portait des boucles d'oreilles, ses habits étaient gris, elle lui fit signe de s'asseoir. North, les yeux baissés, raconta tout. Il parla sans s'arrêter pendant une vingtaine de minutes. Et quand il eut fini :
— Je me demande si vous avez vraiment envie, dit-elle.
Elle avait un débit très lent, presque réticent, qui suspendait North au moindre mouvement de ses lèvres.
— Envie de quoi ?
— De me parler.
Elle marqua une pause et continua :
— De vous ouvrir à moi. De vous confronter aux autres.
Lorsqu'il lui arriva, plus tard, de se remémorer cette première séance, North fut bien obligé d'admettre que Consuegra avait touché un point sensible.
— Les autres ! explosa-t-il, les autres, mais qu'est-ce que vous avez, tous, avec les autres ? Je viens vous raconter ce qui m'est arrivé, et vous, tout ce que vous trouvez à me dire, c'est — vous n'avez que ce mot à la bouche, hein — autrui ! autrui ! autrui !
La narine frémissante, la bouche haineuse, la gorge nouée par un sanglot naissant, il se tut, décontenancé : un sourire errait doucement sur les lèvres du docteur.
— C'est bien ce que je dis, reprit-elle comme si de rien n'était. Mais vous en avez besoin, des autres, même si vous ne voulez pas le reconnaître. Vous essayez de vous persuader que vous leur avez pardonné, qu'ils ne vous doivent

rien. Mais vous avez besoin d'eux. Ne serait-ce que pour exprimer votre colère. Tenez, si je n'avais pas été là pour la recevoir, cette colère, qu'est-ce que vous en auriez fait ? Elle serait restée à l'intérieur, elle aurait tourné au ressentiment... J'ai l'impression qu'il y a en vous beaucoup, beaucoup de colère rentrée. Contre cet homme — Grimm —, contre tous ces gens dont vous avez le sentiment qu'ils vous ont abandonné, contre la façon dont vous vous sentez traité maintenant... Si vous vous repliez sur vous-même, cette colère, vous allez la garder, elle continuera à vous ronger du dedans... C'est en vous confrontant aux autres que vous parviendrez peut-être à vous en libérer. Et vous devez le savoir, sinon vous ne seriez pas venu ici. Vous le savez, mais vous refusez de l'admettre. Pourquoi ? Vous vous sentez menacé ?

— Comment ça, menacé ? Pourquoi je me sentirais menacé ?

— Je ne sais pas... Vous pourriez craindre que le fait d'accepter votre ressemblance avec les autres ne fragilise votre différence... votre petite différence... votre singularité... Vous avez l'air d'y tenir, à ces choses-là...

Elle avait l'art d'appuyer, avec une ironie calme et précise, sur certains mots pénibles. Sans laisser à North le temps de répondre, elle enchaîna, sur le ton dont on abrégerait la plus anodine des causeries :

— On se revoit la semaine prochaine ?

Elle se leva pour le raccompagner. North la quitta sans la quitter : sur le chemin du retour, puis dans le silence de sa maison vide, tout au long de l'après-midi, il poursuivit la conversation qu'ils avaient entamée. À la satisfaction de s'être soulagé d'un fardeau succéda bientôt une frustration croissante. Que savait-elle de lui, cette femme qui se permettait de lui parler ainsi ? D'où tenait-elle qu'il se sentait menacé ? Qu'avait-elle voulu insinuer au sujet de sa différence ? Il avait envie de retourner la voir sur-le-champ pour mettre les points sur les *i*. « Je ne refuse pas de me confronter aux autres, bougonnait-il en arpentant son salon, je voudrais juste qu'ils gardent leurs distances, c'est si compliqué ? Dis-tance, vous comprenez, docteur ? C'est dans votre vocabulaire ? » Enfin, las d'affûter des piques qu'il n'enverrait jamais, il sortit s'aérer l'esprit dans le jardin.

Le mûrier-platane ne lui avait jamais paru si beau. Le feuillage, d'un vert sombre et profond, filtrait à cette heure du jour quelques gouttes de lumière dorée qui diapraient l'écorce de taches claires et frémissantes. North s'approcha, posa la main sur le tronc où défilaient des fourmis. Le jour de son retour, sous l'œil médusé de Biasini, il avait accompli le même geste, mû par un brusque sentiment de gratitude : il lui semblait que l'arbre l'attendait, qu'il était resté là, humble et fidèle, croissant, embellissant en son absence comme pour se préparer à son retour, ainsi qu'une fiancée. Une fiancée qui, sous la fraîcheur profuse de son feuillage, dissimulait une souffrance attestée par les boursouflures et les crevasses dont l'écorce était meurtrie.

Une brise remua les feuilles. North leva la tête, agrippa la branche la plus basse, hésita un instant et entreprit de grimper. Il ne l'avait jamais fait. Enfant, il ne grimpait pas aux arbres ; c'était le domaine de Joseph. Son pied ripa plus d'une fois sur l'écorce, mais il parvint à se hisser sur la branche. Les jambes tremblantes et sans oser baisser les yeux, il parcourut l'espace qui le séparait de la branche mère à laquelle il s'agrippa comme un nouveau-né. Puis il gagna sans trop de difficulté une grosse fourche où il pouvait s'asseoir. De là, sans être vu, il apercevait, à travers les interstices du feuillage, les arbres et les pelouses des jardins alentour. L'arbre de Judée de Mme Sissoko. Le ginkgo biloba des Pradier. Le magnolia des Weber. La piscine des Babinski. Il ferma les yeux. Ses jambes se balançaient gentiment dans le vide. L'air lui caressait les tempes. Pour la première fois depuis longtemps, pour la toute première fois de sa vie peut-être, North sentit qu'il était sur le point d'accéder à une certaine hauteur de vue. Ce n'était pas en parlant avec une inconnue qu'il réglerait ses problèmes. C'était là, dans le secret d'un bonheur haut perché. Là tout était cause, tout était vie, tout était beau ; là, tout était tout. Il aurait voulu se dissoudre dans les choses, y adhérer pour mieux les aimer ; il lui semblait que son corps tout entier allait se prolonger, se vaporiser dans la caresse de l'air, l'odeur du bois, le bruissement du feuillage, les rugosités de l'écorce et la grâce têtue des insectes.

10

Il prit l'habitude de grimper dans l'arbre, chaque jour ou presque, en début d'après-midi. Il lui semblait qu'il se rapprochait ainsi de lui-même. Il se pénétrait de printemps. « Une saison ironique », disait-il au temps de sa vie rabougrie. Il l'aimait à présent sans réserve, cette saison, avec ses ciels infusés de pollens, ses chaleurs soudaines, ses averses, ses chats en rut et ses nuits dévorées par le jour. Il se laissait envahir par cette instabilité, cet émoi qui autrefois l'agaçaient. Il éprouvait le désir de se conformer à l'ordre des choses.

Il ne faisait rien d'autre. L'énergie hagarde qui l'avait habité après sa libération était retombée d'un coup, le laissant vidé, inerte. Aurait-il voulu quitter la ville qu'il n'en aurait pas eu la force. Il aspirait au repos. Il dormait, il regardait des films et, parfois, des événements sportifs. Il tenta de lire quelques romans, mais sans succès. La plupart étaient écrits dans le souci de plaire. Or il n'avait pas envie qu'on lui plaise ; cela ne l'intéressait plus — tout comme lui-même ne se souciait plus de plaire. Seule une

Bible, la vieille bible de Sylvia, ouverte un jour par hasard, lui prodiguait parfois, au détour d'un verset, le contentement qu'il recherchait. Ce livre au moins n'avait pas été écrit pour flatter ses lecteurs : North chaque fois qu'il l'ouvrait se sentait égaré dans un désert caillouteux, sous un soleil de plomb. Mais à quoi bon s'attarder ? Il savait bien qu'il n'y rencontrerait personne.

Travailler ? Il n'en était pas capable, et d'ailleurs il ne reprendrait les cours qu'en octobre : la chancellerie lui avait offert un semestre sabbatique. « Pour vous remettre de toutes ces émotions », avait ajouté Mortemousse en lui annonçant la nouvelle. Sans doute attribuait-on à la fatigue l'incongruité de son comportement dans la salle d'Albâtre. À la colère, à la révolte, certainement pas.

Quant à sa recherche, il n'avait pas le cœur de s'y remettre. C'était trop loin de lui. Il se demandait comment il avait pu y consacrer tant d'énergie par le passé.

Il n'était pas retourné voir le docteur Consuegra : l'arbre remplissait un office plus nécessaire et plus urgent. Il ne sortait guère de chez lui, sinon pour faire ses courses. Il ne se nourrissait presque plus que de sardines à l'huile. Il déclina toute espèce d'invitation. Il changea moins souvent de vêtements, ne se rasa plus tous les jours. Sa moustache, autrefois taillée avec un soin méticuleux, s'embroussaillait. Il voulut résilier son abonnement à internet : mais comme on lui enjoignait d'écrire lettre recommandée sur lettre recommandée, il se contenta de débrancher son modem, de le jeter à la poubelle, et de demander à sa banque la suspension du prélèvement automatique. Il s'imaginait vivant ainsi qu'un ours, un gros ours blanc, paisible et solitaire. Il en avait besoin. Il fallait tout recommencer, renaître à soi, reconquérir une liberté, des désirs, une vie. Les autres, il s'en occuperait plus tard. Chaque chose en son temps.

Se dérobant à toute forme de sociabilité, il n'eut aucun moyen de percevoir la modification qui, insensiblement, s'opérait parmi le voisinage. Au début, son retrait parut logique. On trouvait cela normal. On disait : « Après tout ce qui lui est arrivé... » Mais une fois passée la grande contrition des premiers jours, on jugea son attitude irritante, à la façon d'un abcès ou d'une épine dans le pied. Il ne jouait pas franc jeu. On aurait admis, et même assez volontiers, qu'assumant pleinement son statut de victime North se fasse flagellateur de consciences. Oui, on aurait éprouvé quelque volupté sans doute à se laisser piétiner par sa colère ; à subir la litanie de ses reproches ; à ressasser les torts dont on s'était rendu coupable envers lui. Au moins le problème aurait été réglé : on aurait su dans quelle case le ranger. Mais il aurait fallu pour cela qu'il se montre plus agressif, plus dominateur, et qu'il consente à exploiter la culpabilité des autres, comme savaient le faire Machette ou Mortemousse. Or il n'avait ni ce désir, ni l'énergie propre à le satisfaire. Et on lui en voulait ; on lui en voulait de rester planté là comme un reproche tout en refusant de n'être *que* cela. Que voulait-il donc, le beurre et l'argent du beurre ?

Ce ressentiment, parce qu'il était inavouable, s'en alla nourrir l'alambic imaginaire des uns et des autres. Un soir, recevant quelques amis à dîner, Albert Prince — qui n'avait jamais eu sa langue dans sa poche — déclara que, tout de même, ce n'était pas un hasard si cette sale histoire était tombée sur North et pas sur un autre : « Je sais que c'est horrible à dire, mais enfin, il a la tête de l'emploi, vous ne trouvez pas ? » Mme Sissoko, qui croisa North un jour au supermarché, remarqua qu'il achetait de grandes quantités de sardines en boîte ; les psychopathes aussi, songea-t-elle, mangeaient tout le temps la même chose ; on le voyait dans les films. Mme Babinski se surprit à penser, sans raison particulière, qu'elle ne lui confierait pas ses enfants. Même Bruno Pradier, qui professait une sympathie de principe pour toute forme de marginalité, fut effrayé par ce qu'il découvrit un matin. Cet anguleux quadragénaire avait coutume de fouiller, à l'aube, les poubelles du quartier, à la recherche de produits périmés dont il se délectait en vitupérant la cupidité des industries agroalimentaires et l'irresponsabilité de ses concitoyens. Or il était tombé, après que North les eut jetées, sur les ébauches de *La main du temps*. Ce visage d'enfant calciné, manifeste émanation d'un cerveau détraqué, lui inspira un vif malaise. Les ébauches, conformément à l'usage, n'étaient pas signées, mais elles étaient datées. Et pourtant, la bizarre alchimie de la croyance et du désir occulta entièrement, dans l'esprit de Pradier, la datation. Il fut persuadé que North s'adonnait, dans sa retraite, à un art trouble et malsain.

Quant à Ingrid Weber, elle se mit à faire des rêves étranges. « Il y avait deux petits oursons blancs, adorables, qui jouaient sur la banquise (oui, j'ai oublié de vous dire, ça se passait au pôle Nord). Je les regardais jouer, ils étaient vraiment trop mignons, avec leurs pattes, leurs petites oreilles, leur petite truffe — on dit truffe ou museau ? Bref. Et puis tout à coup il y a un gros ours blanc qui est arrivé, un adulte, et il s'est mis à les agresser — j'ai vu qu'ils devenaient cannibales, là-bas, les ours, à cause du réchauffement climatique, vous savez ? C'était horrible, il en prenait un dans sa gueule, entre ses crocs, et il jouait avec, il l'envoyait en l'air, un peu comme un ballon, c'était... horrible, vraiment atroce, sadique quoi, et moi je le voyais, le petit ourson, en train de se faire torturer, je le voyais et je ne pouvais rien faire, je ne pouvais pas intervenir, c'était peut-être ça le pire, je ne pouvais rien faire et en même temps j'étais incapable de regarder ailleurs... » Est-ce que vous vous êtes demandé, fit le docteur Consuegra en raccompagnant Ingrid Weber vers la porte de son cabinet, pourquoi ce rêve se déroulait au pôle *Nord* ? « Heu, je ne sais pas... je suppose, parce que c'est là qu'il y a les ours blancs ? Non ? »

North, pendant ce temps, s'absorbait en lui-même. Loin de s'en inquiéter, il fut soulagé de constater que les sollicitations extérieures se raréfiaient. On ne le conviait plus à droite et à gauche, on ne l'arrêtait plus pour lui parler dans la rue, la lueur qui l'avait tant gêné quittait peu à peu les regards. On le laissait en paix et c'était ce qu'il voulait. Il parvenait, par degrés, à la neutralité qu'il appelait de ses vœux. Il avait l'impression de toucher au but.

Un incident vint fortifier ce sentiment. C'était en fin de matinée, vers onze heures. Il était levé depuis peu et, installé dans le fauteuil du salon, ruminait un verset lu par hasard :

Une bande de forcenés pourchasse mon âme...

Il fut tiré de sa rêverie par le fracas d'une apparition. Une forme rouge venait d'enjamber la palissade du jardin — grimpait maintenant, avec la fureur désordonnée d'une boule de feu, aux branches du mûrier-platane. North se dressa, interdit. Il allait décrocher le téléphone pour appeler la police quand on sonna à la porte.
— Police !
Il courut ouvrir.
— Vous n'avez vu personne ?
L'agent brandissait son badge. Il était essoufflé. Il reprit :
— Un homme, la quarantaine, survêtement rouge ?
Le regard de North devint opaque. L'instant d'avant, il s'apprêtait à appeler la police ; et maintenant, il ne savait plus. La présence, à sa porte, de cet homme en uniforme le bouleversait. C'était comme si tout recommençait. Il entendait au loin la sirène d'une voiture. Pour qui hululait-elle ? Pour un autre, ou pour lui ? Il fit non de la tête. En était-il sûr ? demanda l'agent. Oui, certain.
— Négatif, je répète, négatif, dit l'agent en appuyant l'index sur son oreillette.
— Qu'est-ce que... ? hasarda North.
— Exhibitionnisme, dit le policier en se dirigeant vers la maison voisine. Merci de votre aide, monsieur.
North referma la porte et retourna vers la baie vitrée.

L'homme était encore perché, immobile, dans l'arbre. On distinguait çà et là, à travers l'épaisseur du feuillage, un peu de rouge. North, comme entraîné par un appel silencieux, ouvrit la porte et sortit dans le jardin.
— Ils sont partis, dit-il. Ils ne sont plus là. Je ne leur ai rien dit.
Il parlait sans violence. L'homme se laissa glisser jusqu'à terre. Maigre, dégingandé, le cheveu rare et mousseux, l'œil égaré, il avait l'air d'un enfant qui a mal vieilli. North, d'instinct, lui parla comme on parle à ceux qui n'ont rien.
— N'aie pas peur. N'aie pas peur.
Il le fit entrer dans la maison. L'homme restait debout, les bras ballants, les yeux baissés. Parfois, dans un geste large et désordonné, il se grattait la nuque. North alla dans la cuisine et revint avec un verre d'eau que l'autre but d'une traite, bruyamment. Ils restèrent quelques instants face à face, silencieux tous les deux. Il y avait, dans ce long visage gris, quelque chose d'étrange et de familier à la fois ; était-ce le nez, le regard, la forme de la bouche ? North ne parvenait pas à mettre le doigt dessus. Avait-il croisé cet homme en prison ? Dans les couloirs de l'Institut ? Ou était-ce tout simplement le visage de la détresse ? De nouveau, il fit un geste en direction du canapé. Mais l'autre ne vit rien : il considérait attentivement le portrait d'Axel North posé sur le guéridon. Puis ses yeux se reportèrent du grand-père au petit-fils et du petit-fils au grand-père. « Il m'a reconnu », pensa North, qui, pour ne pas rester muet, dit :
— C'était mon grand-père. Un autre ? ajouta-t-il en désignant le verre.

L'homme lui tendit son verre. Il avait une façon inhabituelle de le tenir, en le serrant entre ses deux paumes. Arrivé dans la cuisine, North laissa couler l'eau longtemps, pour qu'elle soit bien fraîche. Quand il retourna dans le salon, l'homme avait disparu.

Il l'attendit, en vain, le lendemain. Sans doute nourrissait-il le secret espoir de l'apprivoiser, comme un chat sauvage, à grand renfort de verres d'eau. Il revoyait, par les yeux de l'esprit, le visage allongé, le survêtement rouge, et surtout ce silence qui les avait unis mieux qu'aucune parole. Pour la première fois depuis longtemps, il était curieux de quelqu'un ; autrui l'intriguait. C'était plus fort que cela. Ce visage sans âge, ce corps qui s'habitait si mal, ce regard effaré, surtout, le requéraient. Ce qu'il éprouvait dépassait de loin la simple curiosité. Ce n'était pas davantage de la pitié. C'était un élan plein de patience ; un abandon lucide ; une joie calme et grave.

Lorsqu'il retourna dans l'arbre le lendemain après-midi, il songea que l'autre aussi avait grimpé là-haut, que l'autre aussi s'était assis parmi ces branches. Et il aima l'idée que cet arbre, son arbre, abritait les solitudes. Une sorte de tendresse, une sympathie l'envahit. Il ne voulait de mal à personne ; il voulait que personne ne souffre. Et ce fut même avec une extrême délicatesse qu'il chercha à déloger de son entrejambe, sans la tuer, la fourmi qui, s'y étant faufilée, lui chatouillait désagréablement les testicules.

Au même moment, Ingrid Weber rêvassait à la fenêtre de sa chambre en fumant une cigarette. C'était un moment de la journée qu'elle n'aimait guère : elle avait fait ses courses, elle était allée chez le docteur Consuegra, elle avait nourri son mari, elle se sentait désœuvrée. Ce fut alors qu'elle vit Damien North, dont le jardin jouxtait le sien, s'enfoncer parmi les branches de cet arbre épais, trapu, qui dépareillait quelque peu les essences plus raffinées du voisinage, à commencer par son somptueux magnolia. Elle l'avait vu faire quelquefois déjà, sans y prêter attention : l'arbre, supposait-elle, avait besoin d'être traité — contre un champignon peut-être, ou une colonie d'insectes, à moins que North n'eût entrepris d'y construire un nichoir. Mais ce jour-là, Ingrid n'en resta pas aux hypothèses. Quelque chose la gênait chez cet homme, quoi au juste, elle l'ignorait. Elle avait besoin d'en savoir plus. Elle écrasa sa cigarette et sortit du tiroir où elles étaient rangées les jumelles de chasse de son mari. Ce qu'elle vit la stupéfia. Damien North — elle entrevoyait sa silhouette à travers les feuilles qui tremblaient sous la brise —, Damien North *était en train de se toucher*. Elle savait assez à quoi ces choses-là ressemblaient. Délaissant un instant les jumelles, elle remarqua qu'un peu plus loin les petits Babinski étaient en train de s'ébattre, quasi nus, dans leur piscine. Alors elle comprit tout. Elle comprit pourquoi North grimpait si souvent dans cet arbre. Et elle sentit son déjeuner qui refluait, inexorablement, vers son gosier.

Le soir même, Ingrid réunissait chez elle une sorte de conseil de guerre. Il y avait — outre les Weber — les Babinski, les Pradier, Albert Prince et la vieille Mme Sissoko : tous les résidents du pâté de maisons où vivait North. Ingrid raconta ce qu'elle avait vu. Alors chacun y alla de sa petite anecdote : Bruno Pradier décrivit les ébauches de *La main du temps*, Mme Sissoko parla des sardines en boîte, Mme Babinski admit avoir pensé qu'elle ne lui confierait pas ses enfants, et Albert Prince répéta qu'on avait beau dire, ce type avait la tête de l'emploi. Brandissant l'index, Thomas Weber déclara, sur ce ton enjoué que donne aux hommes le sentiment de leur propre finesse :

— Au fond, ce n'est pas parce qu'il a été innocen*té* qu'il est à tout jamais inno*cent*.

— Essaie d'expliquer ça à la police.

— Ils ne nous écouteront jamais.

— Ils n'oseront pas toucher à un cheveu de sa tête. Pas après ce qui s'est passé.

— En attendant, c'est lui qui se touche ! tonna Albert Prince. En regardant vos enfants !

— Si ça se trouve il prend des photos.

— Peut-être même qu'il les filme ?

Un silence perplexe enveloppa l'assemblée. Il fallait réagir, mais comment ?

— Le plus simple, suggéra Albert Prince avec un art consommé du *timing*, ce serait peut-être de lui rendre une petite visite ?

De perplexe, le silence devint embarrassé. Sous ces mots anodins, chacun crut deviner quelque chose de plus ; quelque chose qui émanait de toute la personne d'Albert Prince, de ses yeux minuscules et perçants, de ses poings crispés, de ses santiags, de son teint congestionné, de sa moustache d'aficionado, et de la veine qui faisait saillie au milieu de son front. Oui, chacun fut sensible à la brutale aura de cette proposition, mais nul n'osa la relever, certains parce qu'ils n'y voyaient pas d'objection, d'autres parce qu'ils craignaient qu'on ne leur reproche d'avoir l'esprit mal tourné, d'autres enfin parce que Prince leur faisait peur. L'affaire paraissait entendue, et Prince murmurait déjà en regardant sa montre : « D'ailleurs, on pourrait y aller tout de suite », lorsque Mme Sissoko, tassée dans un coin, éleva la voix pour exprimer son désaccord. De toutes les personnes présentes ce soir-là dans le salon des Weber, elle était celle qui avait travaillé le plus dur pour aboutir presque du bon côté du boulevard Mauve, écumant de quinze à trente ans tous les marchés de la ville derrière son stand de fruits secs, rachetant par la suite une épicerie de banlieue avec son mari, gérant enfin la boutique à elle seule, quinze ans durant, après la mort de celui-ci. La petite maison qu'elle avait pu s'acheter en revendant l'épicerie représentait, aux yeux de Fatimata Sissoko, davantage qu'un toit posé sur quatre murs : c'était l'œuvre de toute sa vie. Aussi portait-elle à ce qu'elle appelait la « bonne tenue » de sa maison et, par extension, des maisons adjacentes, une attention farouche, jalouse, sourcilleuse, qu'étaient loin de prévoir ceux qui, lors de son installation boulevard Mauve, craignaient que l'arrivée d'une personne de couleur ne dégrade le voisinage. Tout au contraire : Fatimata aurait parfumé l'air ambiant si elle en avait eu les moyens. Plus qu'aucun autre habitant du boulevard Mauve, elle tenait à ce que les lieux témoignent de sa réussite. C'est dire si, tout accablée qu'elle fût par l'inconduite de Damien North, elle était encore moins disposée à tolérer des comportements indignes d'un quartier policé.

— Écoutez, jeune homme (elle était bien la seule à pouvoir appeler ainsi le sexagénaire Prince), nous allons faire les choses... proprement, si vous voulez bien.

Sa tranquille assurance, sa voix si frêle qu'il fallait tendre l'oreille pour saisir ce qu'elle disait, tout, jusqu'aux inflexions de dame patronnesse qu'elle sut trouver pour la circonstance, contrastait avantageusement avec l'ombrageuse agitation de Prince. Pour la toute première fois quelques-uns se dirent que Fatimata avait dû être une belle femme, autrefois, quand elle vendait des fruits secs. Bruno Pradier, qui n'avait jamais supporté Albert Prince, fut le premier à lui emboîter le pas.

— Oui, je crois qu'il faut raison garder.

— Peut-être qu'il vaut mieux laisser les gens compétents tirer ça au clair.

— Et puis c'est vrai qu'en allant le voir on n'est pas à l'abri d'un dérapage, dit Thomas Weber, feignant de découvrir ce que tout le monde pensait déjà.

— Après tout, nous ne sommes plus au Moyen Âge! ajouta Arno Babinski pour ne pas être en reste.

Prince tenta en vain de plaider sa cause et sortit en claquant la porte. Et c'est ainsi qu'il fut décidé de faire les choses proprement.

Le surlendemain, en parcourant son courrier, le commissaire Estange trouva une lettre rédigée par un collectif de riverains soucieux d'attirer son attention sur Monsieur Damien NORTH, domicilié au 1357, bd Mauve. Il se cala dans son fauteuil et parcourut le document en diagonale : il était d'abord question de l'« isolement social » de l'intéressé, puis du voyeurisme auquel on le soupçonnait de s'adonner (s'ensuivaient d'abondantes précisions relatives à un arbre de son jardin); les dernières lignes se recommandaient par leur hypocrisie : « L'objet de notre démarche n'est pas de diffamer Monsieur NORTH, mais au contraire de le protéger contre certains éléments de la communauté. Il nous est insupportable d'imaginer que Monsieur NORTH puisse subir une nouvelle injustice. » Commérages de bonnes femmes, jugea le commissaire. À peine avait-il fini sa lecture qu'on frappa à la porte. Delenda avait sa tête des mauvais jours.

— Qu'est-ce que c'est ?
— Je ne savais pas si je devais vous prévenir, il s'est passé quelque chose ce matin...
— Quoi ?

Delenda regardait par terre. Estange eut un geste d'impatience.

— Une de nos équipes a interpellé un exhibitionniste ce matin dans le parc Saint-Louis, vous savez, il y a toujours beaucoup de passage dans le coin, des touristes, des familles, et...
— Et alors ?

Delenda fit un signe à l'agent qui se tenait en retrait dans le couloir.

— On ne l'a pas menotté, murmura-t-il tandis que l'agent faisait entrer dans le bureau un homme vêtu d'un survêtement rouge.

Estange ferma les yeux, les rouvrit, expira profondément.

— C'est bon, dit-il d'une voix blanche. Vous pouvez nous laisser.

Les agents se retirèrent sur la pointe des pieds.

— Assieds-toi.

Durant un long moment, les paupières closes, il se massa en silence la racine du nez.

— Je ne sais pas, dit-il enfin.

L'autre le regardait sans ciller.

— Je ne sais pas, répéta le commissaire.

On aurait pu croire qu'il souriait, d'un sourire triste et doux ; la forme de sa bouche était propice à de tels malentendus.

— Ça fait drôle, murmura l'autre, c'est... c'est la première fois que je vois ton bureau.

Sa voix exprimait, peut-être en dépit d'elle-même, une forme d'insouciance. Estange se leva d'un bond, s'empara du premier objet que sa main put trouver — un presse-papier en verre — et le jeta à terre où il roula sans se briser. Puis il sortit se rafraîchir le visage.

Resté seul, l'homme ramassa la boule de verre qui avait roulé à ses pieds. En se penchant vers le bureau pour la reposer, il aperçut une feuille où le nom de North était imprimé en capitales. Après avoir lu les premières lignes, il sortit son téléphone portable — Delenda n'avait pas osé soumettre le frère du patron à une fouille en règle —, l'approcha de la lettre et appuya sur un bouton. Estange reparut quelques instants plus tard, les cheveux humides et plaqués sur le front.

— Je vais m'arranger pour faire classer l'affaire, annonça-t-il en refermant la porte. Mais la prochaine fois, je te jure, la prochaine fois je te fais interner. Tu sais que je le ferai, hein Ferdinand, tu le sais, ça ? Et je peux te dire qu'ils me croiront, les médecins, quand je vais leur parler de toi. Allez, va-t'en maintenant. Maman t'attend à la maison. Je l'ai prévenue. Allez. J'ai dit *maintenant.*

Il rouvrit la porte. L'autre, hochant la tête comme en connaissance de cause, se leva et sortit sans dire un mot. Estange le regarda s'éloigner. Dans le couloir tendu de linoléum, les semelles de ses baskets rendaient, à chaque pas, un son visqueux.

— Tu as ton lacet qui est défait..., murmura le commissaire d'une voix qui se brisait.

Le lendemain, posté en haut d'une tour d'où il jouissait d'une vue plongeante sur le jardin de North, Estange attendait qu'il se passe quelque chose. L'arbre si longuement évoqué dans la lettre, ce devait être celui-là, qui ressemblait, en plus foncé, à un platane. Le commissaire soupira : il perdait son temps. Il n'aurait pas, d'ordinaire, accordé le moindre crédit à une telle lettre. Il ne se serait certainement pas déplacé. Mais il avait besoin de travailler en ce moment ; ça lui changeait les idées, il ne pensait plus à son frère. Et puis, North le fascinait. L'individu, en lui-même, ne l'avait pas marqué ; pas plus qu'un autre, et même plutôt moins. Ce qui le troublait, c'était la possibilité qu'il soit devenu ce qu'on l'avait soupçonné d'être. Cet homme avait été accusé, à tort, de posséder des images pédopornographiques ; et voilà qu'il se mettrait à épier des enfants demi-nus ? C'était inimaginable, et cependant Estange pressentait dans cet enchaînement une vertigineuse logique. Il se demandait ce qui pouvait motiver un tel renversement. Était-ce un défi, un gant jeté à la face de la société ? Ou une fatalité impitoyable et mystérieuse ?

À quatorze heures douze, North parut dans le jardin ; Estange le reconnut à ses cheveux roux. Les « curieux phénomènes » rapportés par les auteurs de la lettre se déroulaient « le plus souvent en début d'après-midi ». Cela devenait crédible : Estange arma ses jumelles. North se dirigea, comme prévu, vers l'arbre qui se trouvait au fond du jardin. Mais il ne grimpa pas aux branches. Il fit le tour du tronc, s'accroupit, leva la tête vers la cime et regagna la maison à lentes enjambées d'un mètre de long. À quatorze heures quinze, il ressortait, le visage couvert d'une sorte de masque, une tronçonneuse entre ses mains gantées. Il retourna auprès de l'arbre, posa la machine sur le sol, plaça la pointe du pied droit dans la poignée arrière, se pencha et, d'un coup sec, tira le cordon de lancement. Trois, quatre fois il tira, jusqu'à ce que le moteur tourne. Puis il libéra le frein de chaîne. Estange, derrière ses jumelles, vit les dents entrer en rotation. Alors North empoigna la tronçonneuse et, les pieds bien écartés, l'épaule inclinée vers le tronc, il entailla celui-ci au-dessus de sa base. Le moteur tournait à plein régime. La scie entrait dans le bois comme dans du beurre ; elle l'attaquait obliquement, de sorte que l'entaille, une fois achevée, creusait un triangle dans le flanc de l'arbre. Quand il eut terminé, North contourna le tronc et, du côté opposé à l'entaille qu'il venait de pratiquer, il porta de nouveau le fer dans le bois, cette fois-ci à l'horizontale.

Estange passait le plus clair de son temps à traquer des réseaux de pédophilie en ligne : il était régulièrement confronté à des images qui lui soulevaient le cœur. Il avait été pris, par le passé, dans une fusillade. Il avait vu, au cours de sa carrière, plusieurs cadavres putréfiés. Un homme s'était fait écraser sous ses yeux par un camion le jour de ses douze ans. L'abattage d'un arbre n'était pas de nature à le tourmenter. Et pourtant, ce qu'il voyait le fascinait à l'égal d'un meurtre. Cette entaille béante qui révélait soudain la candeur du bois, sa pulpe tendre et fraîche ; les gestes de North, aussi froids et précis que ceux du tueur tranchant la carotide ; le progressif éventrement du tronc qui s'inclinait, peu à peu, dans un long déchirement ; tout, jusqu'aux mains gantées de l'assassin, évoquait les plus sanglantes boucheries. D'autant qu'il était inhabituel d'abattre un arbre en cette saison ; il était surprenant de voir cet homme craintif et court sur pattes manier la tronçonneuse. Mais le plus étrange était peut-être le regard patient et scrutateur qu'Estange lui-même portait sur une action aussi banale. Combien de fois avait-il dû assister, sans même en avoir conscience, à un tel événement ? Peut-être suffisait-il d'être attentif aux choses pour déceler, partout, à chaque instant, la violence et le meurtre ? Peut-être que le moindre brin d'herbe... ? Y avait-il de la bonté dans le monde ? Ou était-ce lui, Estange, qui ne pouvait plus la voir ?

North avait coupé le moteur de la tronçonneuse. À présent, les jambes fléchies, il poussait le tronc ; la charnière constituée par l'entaille en orientait la chute. Enfin l'arbre tomba dans un fracas de branches brisées. North s'assit sur le tronc, la tête entre les mains. Il avait gardé son masque. Estange remarqua son dos secoué de sanglots. Il décolla les jumelles de ses yeux : à quoi bon épier un homme qui pleure ? Du reste, il n'avait pas besoin d'en savoir plus. De toute évidence, Damien North ne faisait rien de dangereux. À pas feutrés, comme s'il avait eu peur de déranger, il quitta son poste d'observation.

Fût-il resté plus longtemps, il aurait pu voir North sortir une enveloppe de la poche arrière de son pantalon ; puis il l'aurait vu retirer de l'enveloppe une photographie de la lettre qu'il avait reçue au commissariat. Peut-être ses jumelles lui auraient-elles permis d'apercevoir au dos de l'enveloppe ces quelques mots tracés d'une main maladroite et familière, en capitales irrégulières : MERCI POUR LE VERRE D'EAU. PRENEZ GARDE À VOS VOISINS. Puis il aurait vu North déchirer la photo en petits morceaux qui, avant de retomber parmi les copeaux et les branches, voletèrent quelques instants dans la tiédeur de l'après-midi.

ÉPILOGUE

À la suite de son arrestation dans un pays voisin, Hugo Grimm a été extradé et déféré devant le tribunal de grande instance. Il a surpris tout le monde, à l'audience, en affirmant que ses actes n'étaient nullement motivés par un désir déviant ; tout au contraire, son intention, en téléchargeant ces images depuis l'ordinateur de North, aurait été de prouver quelque chose. Toute société, a-t-il tenté d'expliquer, reposait sur un ensemble de fictions — notamment juridiques — destinées à introduire de la cohérence et de la continuité dans un monde qui en était cruellement dépourvu. La paternité, par exemple, fondement du droit privé, base de la société, était-elle autre chose qu'une fiction plausible ? Ce n'était d'ailleurs pas un problème, à condition de se souvenir que ces fictions n'étaient que des fictions. Car l'oubli de ce principe était la cause de toutes les erreurs judiciaires. Chaque fois qu'on condamnait un innocent, on ne faisait jamais que sélectionner la plus cohérente, la plus vraisemblable, en d'autres termes la plus *fictive* des hypothèses envisageables. Ces modestes réflexions, le fruit d'une carrière consacrée à la méditation de la jurisprudence, ne devaient pas moisir dans les papiers d'un retraité ; mieux valait, pour le bien commun, en proposer une application pratique. Il suffisait de choisir un homme effacé, timide, peu sociable ; de s'arranger pour glisser quelques images infâmes sur son disque dur ; et de laisser s'abattre sur lui les pulsions fictionnelles de la société tout entière. Du jour au lendemain, la vie de cet homme devenait un roman auquel chacun ajoutait son chapitre, son paragraphe, sa phrase ; un roman que tout le monde croyait vrai, parce que la vérité sociale et juridique n'est rien d'autre qu'une somme de fictions. L'objectif de cette expérience n'était donc pas de nuire à Damien North — fallait-il être obtus pour le penser ! —, ni d'assouvir des penchants dépravés, mais de soulever un problème intolérable pour quiconque était épris de justice.

Avec une ironie qui se voulait mordante, le président du tribunal a observé que le prévenu n'était pas, sans doute, le mieux placé pour enseigner à ses juges le sens du mot justice. Le procureur Langlacé, dans un réquisitoire sévère, a pourfendu l'arrogance et le cynisme d'un homme prêt à tout — « tous les sophismes, tous les faux-fuyants, tous les mensonges » — pour esquiver ses responsabilités et « justifier l'injustifiable ». Le docteur Lafaye, expert-psychiatre auprès des tribunaux, a souligné de son côté l'instabilité psychique du prévenu, émettant l'hypothèse d'un délire paranoïaque aigu. Enfin, dans le compte-rendu d'audience qu'elle a rédigé pour *L'Indépendant*, Virginie Hure a entrepris de « sonder l'abîme d'une âme », évoquant l'effroyable sérénité de Grimm, les frissons que son ton badin faisait passer dans l'auditoire, la théâtrale raideur de ses gestes.

Quant à Damien North, contacté par divers journalistes, il n'a pas souhaité s'exprimer à ce propos.

Plus personne ne trouve à se plaindre de sa conduite depuis quelque temps. Il converse avec ses voisins ; il se taille de nouveau la moustache ; il n'achète plus de sardines en boîte.

Tous les matins, dans le parc Saint-Louis, il jette du pain aux canards avant de s'asseoir sur un banc exposé au soleil.

Il a repris son enseignement ; son comportement donne entière satisfaction à Marc Mortemousse, qui vient d'être élu à la présidence de la faculté.

On a célébré la semaine dernière le cent cinquantième anniversaire de la naissance de son grand-père, Axel North : le discours qu'il a prononcé était tout à fait remarquable.

I. *Les jours atroces* 9
II. *Les jours féroces* 119
Épilogue 241

Composition CMB Graphic.
Achevé d'imprimer
sur Roto-Page
par l'Imprimerie Floch
à Mayenne, le 4 juin 2013.
Dépôt légal : juin 2013.
1ʳ dépôt légal : décembre 2012.
Numéro d'imprimeur : 85010.

ISBN 978-2-07-013850-0 / Imprimé en France.

256538